星海社
FICTIONS

異端考古学者向井幸介
1994年の事件簿

東郷隆

Illustration／禅之助

星海社

Illustration　禅之助
Book Design　Veia
Font Direction　紺野慎一＋阿万愛

異端考古学者 向井幸介 1994年の事件簿

東郷 隆

Illustration 禅之助

向《むか》井《い》幸《こう》介《すけ》　非正規雇用の発掘請負人

太《おおの》 安《やす》近《ちか》　太《おお》氏《し》と呼ばれる。学者を自称する資産家

一ノ瀬阿《あ》礼《れ》　安近の秘書・助手

塚口和哉　「城東地盤」出向の東都大学考古学者

塚口信哉　和哉の兄

大野波多麻呂　上総国多神社宮司。幼稚園の園長

塚口長左衛門　信州アナシ山村の長。武田百足衆の末裔

ハワード・ショウ　秘密結社スカル・アンド・ボーンの諜報組織G機関のボス

ジェイムス・ショウ　ハワードの息子。在日米軍内に多くのシンパを持つ

多田雅元　世田谷の中古車会社社長

Contents

目次

Case file 1994.

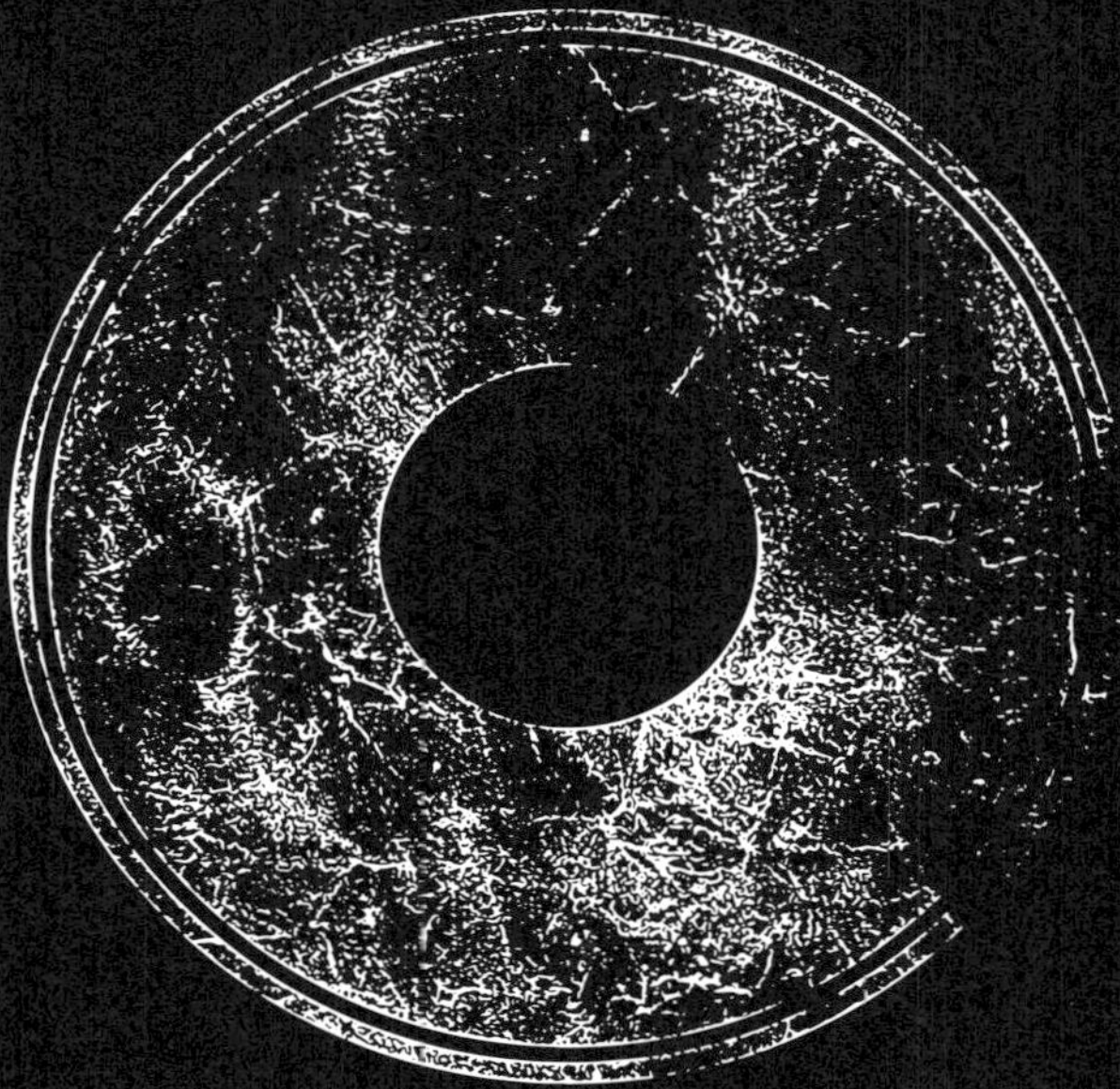

プロローグ

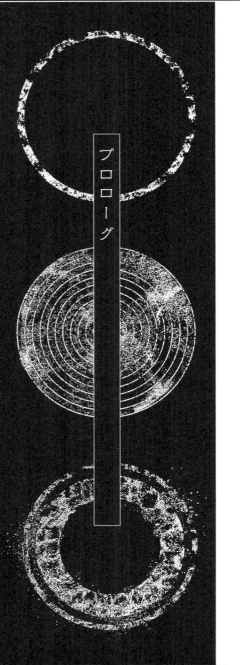

「燕王《えんおう》」公孫淵《こうそんえん》は早朝、鶏後鳴《けいごめい》（午前四時頃）に目覚めた。

昨夜は珍らしく痛飲し、夜着に着替えることなく眠りについた。牀《しょう》（大型の椅子）で横になることは、王として避けるべき姿であったが、今は籠城中ゆえ、近臣も大目に見てくれよう。

「『志士は日の短きを惜み、愁《うれ》うる者は夜の長さを知る』……か」

淵は机上の鈴を鳴らした。侍者《じしゃ》が漆塗りの桶と櫛《け》を運び、手早く洗面と結髪の用意を整えた。

含嗽《うがい》用の杯を手にした淵は、中の匂いを嗅ぎ、

「鶏舌香《けいぜつこう》ではないのか」

「はい……」

侍者は、おずおずと答えた。

「備蓄の品が枯渇いたしました。ただいま内向きに残っておりますのは、この杜若《とじゃく》のみにて」

鶏舌香は、王族が用いる口臭止めだ。倭国《わこく》から渡来する貴重な薬草から作る。昔、漢の文帝が奏上する老臣の口臭を哀れみ、この鶏舌香を下賜した。老臣が薬品をひと口含むと、

ひどく苦い。これは帝の機嫌を損じて毒を賜わったのだと思った老臣は、帰宅すると家人に別れを告げた。

ところが、その口から何とも爽やかな香りが漂い、誤解が解けたという。

「もうよい。戎衣《じゅうい》を持て」

杜若の杯を置いた淵は、革の鎧下着をまとった。侍者は、ほっとした表情で下がった。

警護の兵を従えた淵は、未だ足元も定かならぬ城壁を登った。

すでに東の空は白み始めていたが、堀の向うを流れる遼河の周囲は未だ漆黒の闇だ。その山陰に長い光の列が見える。

「敵の新手《あらて》でございます」

韓人の警護兵が、光を指差した。

「西南と西北に、ひと際大きな篝火が見えます。おそらく、攻城塔でしょう」

「御苦労なことだな」

淵は声をあげて笑った。城の数里四方は、増水によって泥濘の野と化している。

「この城壁まで仕寄せをするには、半年ほどもかかるだろう」

しかし自分の言葉と裏腹に、淵の心は不安で満ちていた。

「魏《ぎ》王は此度も公称十万の兵を動員している。そのほとんどは弱兵であり、今は山の陰で息をひそめて居よう」

軍議は食事（午前九時頃）に始める、と淵は言った。

「それまで、もう一度寝ておこう」

淵は西側に見える敵の篝を眺め、大きく欠伸《あくび》をした。


三日前、淵は側近の濊人《わいじん》を殺した。

その男は占星術を良くする占い師だった。

遼河の西岸に初めて敵の牙旗《がき》が掲げられた時、淵は戦況を占なわせた。

濊人は占星盤を広げて星の運行を調べ、しばし口を閉ざした。淵はその沈黙に気味の悪いものを感じた。

濊人は占星盤へ指を押し当て、西の空を眺めて言った。

「おそれながら」

彼は肩を震わせていた。

「何度占いましても、同じ卦《け》が出てございます。このような占《うら》は愚臣（自分）とても初めてで」

「申してみよ」

淵が命じると、濊人はおずおずと、小声で語った。

「『酔星《すいせい》（彗星）西方より出現。戊午《ぼご》の時、白光《びゃっこう》を貫《つらぬ》き、水に入る。大河為《た》めに煮沸《しゃふつ》し……』」

そこで濊人は口ごもり、黙り込んだ。

「なぜ止めるか、続けよ」

淵は命じた。

「……『貴種、為めに辰巳《しんみ》の方《かた》に走る』と……」

濊人は占星盤を広袖の内に隠し、平伏した。

淵の顔から血の気がひいた。

天より星が降り、東南の河中に落ちる。遼河が沸えて、貴種、——即ち淵王である自分が城を捨てるという、異様な卦であった。

（この遼陽城が陥落するというのか。それも落ちて来る星のために）

にわかに信じがたい話だ。が、この占い師の読みには定評があった。

濊人占い師は、この楽浪《らくろう》・帯方《たいほう》の地に起る天変地異をことごとく言い当ててきたのである。二年前、呉王孫権が高句麗を誘ってこの遼陽を攻めようとした時、星の動きでそれと察した濊人は淵に進言。淵は巧みに高句麗へ圧力をかけて孫権の使者を殺させ、首を魏の幽州（現在の北京）に送らせた。

しかし、魏の明帝は、淵の動きを不審として翌年、幽州刺史《しり》の毋丘《ぶきゅう》倹《けん》へ四万の兵を与え、遼河の西に大軍を進めさせた。

淵は遼陽城に兵を集めて籠城した。が、将兵の多くは魏軍の勝機が七分と見て、戦意ははなはだ振わなかった。

淵が濊人の占い師に勝敗を問うと、彼は明けの明星を見て、こう断言した。

「明晩より野に雨が降り続くでしょう。遼河は増水し、毋丘倹の兵は水に阻まれて敗退いたします」

はたして次の夜から十日間、雨が止むことはなかった。遼河の増水によって敵陣に濁流がながれ込み、多くの人馬が没した。魏軍は成すところ無く撤退した。

淵はこれを機会に楽浪・遼東の一帯を魏から独立させ、遼陽を王都として「燕王」を称した。

魏の明帝は激怒。河北・山東の兵を集めさせ、西安の地から司馬懿《しばい》仲達《ちゅうたつ》を呼ぶと遼陽城奪取を命じた。あの諸葛孔明さえ密かに恐れたという司馬懿は、毋丘倹とともに十万近い兵を進めて遼河の支流を渡った。此度は、必勝を機すため、攻城用の櫓《やぐら》を用意しての進軍だった。

ところが、またしても豪雨が遼陽城の周囲に降り、司馬懿の陣は水没したのである。

淵は籠城戦に自信を持った。しかし、司馬懿が遼河西岸に大規模な排水路を掘り、陣地固めをし始めると、僅かに不安となった。

そこで、また濊人に占わせると、彼は酔星云々《うんぬん》の不吉な卦を口にしたのである。

淵は豪雨にあっても、敵の戦意が少しも衰えぬことに悩んでいた。

そして、司馬懿の兵が、水の被害が及んでいない西北の山陰まで攻城兵器を進めたと聞いて動揺した彼は、ついに衛兵に命じ、濊人を縊死《いし》（くびり殺し）させた。

王の御心に影を落としたという罪状であった。

濊人の首を北の城壁に晒した後で、淵は大いに後悔したが、もう遅い。以来彼は鬱々《うつうつ》とした日々を過していた。

大篝火が見えた次の晩、東南の平原に羊の群を伴なった軍勢が到着した。それは境外軍と呼ばれる母丘倹の援軍に違いなかった。

彼らは新しい形の投石機を敵前で組むと、すぐに投射を開始した。

城壁ばかりか、内側の家屋も次々に破壊され、籠城する人々は逃げまどった。昼夜わかたぬこの投石により、遼陽城中の戦意は益々低下する。

そして、運命の日がやって来た。

明け方、木戸の走り扉を開くようなガラガラという不思議な音が頭上に轟いた。西北から東南の空にかけて光が走り、城の上空を飛び越え、遼河の岸辺に巨大な水柱をあげた。

城中の庶人も兵士も物陰に伏せた。轟音とともに、巻き上った川の水が城に降りかかった。

「かような兵器を魏軍は用いるか」

「とてもかなわぬ。城の門を開こう」

城中は大騒ぎとなった。

淵は、人心を鎮《しず》めようとした。が、しかし無駄だった。

「占い師が申した酔星が降るとは、これなるかな」

天が遼陽城に味方せぬことは明白であった。

（逃げよう）

淵は重い銅甲を脱ぎ捨てると、側近とともに搦手《からめて》から馬を走らせた。

東南の支城に逃れるつもりだったが、司馬懿に抜かりはない。すぐに魏軍の追手がかかった。

「燕王」淵は、ついに遼河の淵で包囲され敗死した。『東夷伝』によれば、彼が斬られた場所は、ちょうど酔星が落ちたその場所であった。

景初二年戊午。西暦二三八年秋の事である。

隕石によって一国が滅亡するという、史上稀にみる出来事を人々は密かに語り継ぎ、また星が落下した場所に、長く近づく者もなかった。

それから千数百年の年月が流れた。

一章　流れ者

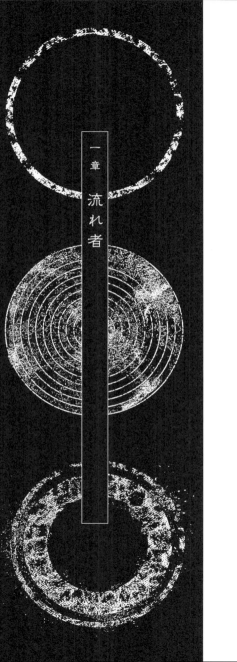

深淵《しんえん》を覗き込む時、深淵もまたお前を覗き込んでいる……と言ったのは、

（誰だったかな）

向井《むかい》幸介《こうすけ》は数日前に読んだページの一節を、唐突に思い出した。が、その本の表題はどうしても浮んでこない。

（たて続けに五冊ばかり目を通したからなあ）

乱読家なのである。このところどうにも気が高ぶり、地下鉄で神保町に出ると馴染みの古書店に飛び込んで、平置きの安売り本を紙袋にふた抱えほども買い込んでしまった。

「ああ、目がしょぼしょぼするなぁ」

目薬でも買うか、と思った。乱読家だが向井は決して速読家ではない。本は一冊一冊割りと丁寧に読む。よほど大事に覚えておきたい部分は、傍らに置いたノートに引き写し、脳裏に刻みつける。

一種、貧乏性なのだろう。おかげで大量の書籍を読み終える頃にはずいぶん時間も過ぎ、視力は一時的に低下する。

（しまった）

三角形の屋根に「鶯谷駅《うぐいすだに》」という白い看板。その下に「一九九四年春のトラベル・キャ

ンペーン」の幕がかかっている。

山手線外回りの車輛を先頭で降りたから、階段を上れば南口改札だ。ロータリーと寛永寺霊園を示す看板以外なんにも無いところだ。

改札口の右手はピンク色に染っている。少し遅咲きのソメイヨシノが、寛永寺から東京国立博物館に向う道筋を美しく飾っていた。

「薬局は坂を下った左にあったな」

向井は、ロータリーの左手、跨線橋の道を下っていった。目の前は名にしおう鶯谷のラブホテル街だ。

夜ともなると煌々《こうこう》と誘惑めくであろうそのネオンの群も、今は煤けた文字板を見せつけているばかりだった。

駅のホームに平行して広がるそのホテル街に一歩足を踏み入れると、まだ日も高いというのに、焼き鳥屋は煙をあげ、ホテルの入口には、人目を忍ぶ男女の姿があった。

しばらく歩いていくと、あちこちから水の流れる音が聞こえてくる。

タイル張りの小さな噴水が、ホテルの入口に仕掛けられているのだ。造りの悪い天使や鶯鳥の飾り物が水を吹いていた。

なぜ各ホテルがこんなところへ競うようにして水の流れを作っているかを、向井は知っている。

(お清めなんだそうな)

近頃流行りの「雑学本」にそう書いてあった。

建物の敷地内で何事か不幸があると、下町では不動産業者が噴水の設置を勧める。水が地霊を浄化するというのだ。

男女の欲望が密集し、時に修羅場へ至るラブホテル街には、大事なアイテムなのだろう。

迷路のような路地の先に小さな薬局があった。向井は己れの記憶が確かなことに満足し、『大学なんとか……』という疲れ目用の目薬を買った。

（俺が大学の名を付けた点眼薬を買うとは）

店頭で箱を開け、ボトボトと目薬をさした。

こういうことに無器用な質《たち》である。見兼ねた薬剤師が彼の頭を押さえつけ、さし方を教えてくれた。

駅の北口改札のすぐ近くを曲ると、これもラブホに囲まれた土地がそこだけ高くなり、石段が見える。元三島神社の参道だ。モンゴルが二度目に来寇した年、一二八一年の創建というから古社である。

その神社の真下に、これも古風な、というよりひどく古ぼけた定食屋兼飲み屋がある。

鶯谷マニア（という人種はたしかにいる）の間で昔から知られた二十四時間営業の店だ。

客層はまちまちである。場所柄だろう、美術系の学生らしい一団、朝飲みが好きそうな老人たち、夜勤明けとおぼしき作業服姿の男たちが、下町名物のバイス（梅割り）を傾けている。

向井が入って行くと、端のテーブルに座っていた太り気味の男が、無言で片手をあげた。

「コースケ。すまんな、こないなとこに呼び出してしもて」

近づいていくと、隣の席を指差した。間髪を容れず女性の店員がやって来る。

向井がポテトサラダにホッピーを注文すると、すぐに戻っていった。

「何や眠そやな」

太り気味の男は言った。歳は向井とそう離れていない。目が細く、右の小鼻の下に黒子《ほくろ》がひとつある。こ奴も薄いベージュの作業服をまとっていたが、左胸ポケット上に黒い糸で、

〈東都大学考古学研究室・塚口和哉〉

という文字が縫い取られている。

「また徹夜してしまったよ。どうにも資料の読み込みが、なあ」

向井は僅かに嘘をついた。暇にあかせて雑学本を読み漁り睡眠時間を削ったなどと、言えるわけがない。

「まだ、シコシコ手描きでファイル作っとんのやろ。アカンで。ボクも親指シフトのワープロやが、大学側は現場にＰＣ導入せい言うて来とる。もう、紙の時代は終るかも知れへん」

「まさか」

あとから思えば一九九四年は、翌年の経済崩壊とＰＣ革命によって日本人の価値観が大

逆転を起す。その予兆があちこちに現われていた年だが、大多数の人々は未だ惰眠をむさぼっていた。

　向井は黒のニットタイをゆるめ、ジャケットを背もたれに掛けた。ホッピーをぐびりと飲み、ポテトを口に放り込む。

　ホッピーの味は、考古学の発掘作業をやっている頃覚えた。一日中、強い日差しに照らされて地面を這いずりまわり、ようやく報告書を書き上げると、居酒屋に飛び込んでアルコールと水分を補給し、作業小屋で横になる。向井は、そういう生活を学生時代の夏休み三年間も続けた。

「塚口、今回の現場は、このあたりか」

「うむ」

　塚口は、たるんだ頬の肉をゆがめた。

「掘っているンは、ここから南に二百メートル離れた言問通りや。住所で言うと下谷一丁目。先日の雨で路肩が陥没してしもてな。そこで遺物が幾つか出た。台東区の緊急発掘事案で、仮設の準備室を文化財団ビルの隣に作った。いつものプレハブや」

「あのあたりだと、歴史考古遺物だな。大名墓か、武家屋敷遺構《いこう》か」

　向井がふた口目のホッピーを飲み終えると、塚口は、チッチッと舌打ちした。

「それが違うんや。正確な年代測定は、まだ確定しとらんけど、だいたい二世紀末から三世紀初め。弥生から古墳初期にまで遡《さかのぼ》るかも知れへん」

「奇妙だな」

向井のジョッキを持つ手が止った。

「言問通りの近辺は、日暮里崖線《にっぽりがいせん》の外側だ。その時代は、まだ海か、良くて湿地の縁《へり》だろう。水没遺跡か何かな」

「それも違《ち》ゃう」

塚口はコップの水滴を指に付けると、テーブルをなぞった。うねうねとした線と丸を描いた。

「崖線の外側に浮ぶ、島のようなところだったらしい。ソイルにも、な。そう出てる」

普通、大学の研究者ならソイルなどと言わず、土壌調査と称する。二人はかつて共に海外の発掘調査にたずさわり、時には生死の境も彷徨った仲だから、そういう物言いも許されている。

「それで、また仕事をくれるというのかね」

向井は上目づかいに塚口の顔を見た。

「うむ、こういう変った調査には、コースケも興味あるやろ思てな」

「いいのか、俺は札つきだぜ。こっちがＯＫしても、大学側が何と言うか」

「城東地盤の傭《やと》いにすれば何の問題もない」

塚口は言った。城東地盤は地質調査の民間会社だが、発掘請け負いの部門もある。彼は数年前からこの会社に、研究室から出向を命じられている。

「今回は緊急発掘やからな。大学も多少の事にはイチャモンつけてこんやろ。ともかく、今はベテランの手が欲しい。あんたの実測図描きは北京大学の周教授も太鼓判押すほどの腕前や。頼むで」

「うむ」

向井がジョッキのホッピーをぐいとあけた。それを見て塚口は、彼が承知したと思い、店員を呼んだ。

「姉ちゃん、ホッピーの中、持って来てくれへんか。それと、燗酒二合」

「昼日なかから、そんなに飲んでいいのか」

向井は顔をしかめた。が、塚口は大きく首を振り、

「今日はもう、仕事なしや。会社帰ったとてやることもない。定時になったら、タイムカード押すだけやし」

大学の出向者にまでタイムカードがあるらしい。

（こ奴も苦労してるのだな）

と向井は新しいジョッキを握りしめた。

仕事を受けることにした向井は、それから一時間ほど雑談をして店を出た。別れ際に塚口が、

「カント（カントラクト・契約書）は、いつもの通りにしとくから、明日にでも事務所に来

てくれ。それから、な。これは……」

とまで言って少し口ごもり、

「ま、次会った時に言うわ。こないなところで御披露申しあげる話やない」

変だな、と向井は思った。日頃は何事も単刀直入、大阪人の言う「いらち」な性格の塚口にしては奇妙な事だった。

飲み屋を出たが、日はまだ高い。赤ら顔で山手線に乗るのもはばかられると向井は、酔い醒しがてら、下谷一丁目の「現場」を下見する事にした。

言問通りに出て五分ほど歩くと、すぐにそれは見つかった。舗装道路の端が陥没し、赤いコーンが並べられている。ちょうど作業員がブルーシートを掛け直していたが、穴は結構な深さだった。下水の配管や赤黒い土壌も確認できる。変色した部分は、第二次大戦の空襲による焼失の跡だろう。

「そこ、立ち止ってると通行の邪魔ですので」

ダブダブの制服をまとった初老のガードマンが、向井をせきたてた。彼は陥没口の中をもっと見たかったが、諦めて鶯谷方向に踵を返した。

帰路、台東区の文化財団ビルにも寄ってみた。塚口の言う通り、ビル脇の空地に、二階建てのプレハブが建てられている。周囲は建設資材の置き場で、正面に城東地盤の看板が立てられていた。事情を知らぬ者が見れば、作業員の出入りする作業小屋のひとつとしか思わぬだろう。

向井は陥没口の周囲を二、三度巡り鶯谷駅の方に戻った。彼が横丁に入るまでの間、初老のガードマンが背後からぴったりとついて来た。恐らく向井を資材ドロボウの下見と疑っているに違いない。

横丁に入りかけて、もう一度ブルーシートのあたりを振り返ると、ちょうど灰色のバンが停車し、数人の外国人が降りて来るのが見えた。皆、髪を極端に刈りあげ、頑丈そうな身体つきだ。

（外国人が発掘現場に何の用だ）

作業員に応募する気か。近頃では日本の考古学に興味を持つ留学生も多いと聞くが……。

向井は、学生にしては少々薹《とう》が立ったその男たちを横目に、駅の北口へ戻り、そのまま山手線に乗った。

向井は直接家には戻らず、馴染みのスナックで再び飲んだくれた。店には付けが溜っていたが、塚口のおかげで入金の当てもあり、気が大きくなっていた。

数人の顔見知りも同席していた。彼らにおだてられるようにレーザー・ディスクのカラオケを何曲も唄い、便所で少し吐いた。

向井の家は同じ台東区の今戸にある。すでにバスの無い時刻で、浅草まで出た彼は江戸通りをふわふわと歩いて行った。今戸神社のすぐ裏にある古ぼけたアパートだ。後年このあたり一帯はマンションやビル街に変ったが、その時代——一九九〇年代初頭は、寺社地の間に仕舞屋《しもたや》が立ち並び、隅田川の両岸は再開発が始まったばかりだった。

ここにアパートを見つけてくれたのも塚口である。

家賃の割りに広々としていて、家財道具の少ない向井には、贅沢過ぎるほどの部屋だ。布団は無く、発掘現場で用いるネパール製の寝袋を使っている。

横になって一度だけ吐気がこみあげてきたが我慢していると、落着いてきてそのまま深い眠りについた。


ピリピリと鳴る不快な音で向井は目覚めた。ポケベルが枕元で暴れている。これも塚口が持たせてくれた。不定期な仕事と収入しかない向井にとって一種命の綱だが、こんな小さな箱に支配されることが時折悲しくなり、呼び出しを無視する事も多い。

呼び出し音は、何度も鳴った。見ると、まるで覚えの無い番号である。

のろのろと起き出して、台所の蛇口をひねった。ひどい頭痛が襲って来た。うがいをして、僅かに正気へ戻った時、階段を上って来る足音がした。

「向井さん、向井コースケさん」

向井の本名を呼ぶ声が聞こえ、激しくドアを叩く音が続いた。

(二日酔いに響く)

のろのろと向井はドアのロックを解いた。何の特徴も無いスーツ姿の男が二人、立っていた。

「向井幸介さんですね」

飛び込みのセールスにしては、愛想が無さ過ぎる。不審に思った向井がドアを閉ざそうとすると、隙間に靴先が挟まれた。

「私どもは……」

城東署の者です、と名刺が差し出された。テレビのように警察手帳を示したりしない。向井はドアノブから手を離した。さして広くもない玄関先は、男三人で立錐《りっすい》の余地も無い。何事です、と言う前に、名刺を出した男が、

「塚口和哉《かずや》さんを御存知ですね」

と言い、少し間を置いて隣の男が続けた。

「昨夜、塚口さんが死亡しました。死因に不審な点もあり、当夜の状況を関係者各位にお尋ねしているところです」

人間は強過ぎる衝撃を受けると、驚きの表情も失う。頭の中が真っ白になり、自分が立っているのか座っているのかもわからなくなる。二人の刑事は、己れの言葉が相手に対して充分に効果を発揮したと踏んだようだ。

「事情をお聞きしたいのですが、御同行お願いできますか」

鋭い眼差しを向けた。

「それは任意ですか」

向井が掠《かす》れ声で問うと、

「任意です」

刑事はそれでも有無を言わせぬ口調ではっきりと言った。

「着替える間、待って下さい」

向井はTシャツにトランクス姿だ。寝起きのままの姿である。脱ぎ散らした衣服をのろのろと身につけている間、一人の刑事がドアを押さえていた。隙を見て向井が逃亡するのを防ぐつもりだろう。

最後に黒のニットタイを巻こうとすると、

「それは」

と言って、一人が預った。恐らく自殺予防のためだろう。向井はニットタイをポケットに入れ、ドアに鍵をかけた。二人の刑事にともなわれ、アパート前に停った白い乗用車に乗り込んだ。


事情聴取には、さして時間は取られなかった。塚口の死亡推定時刻に大勢の前で向井が、飲んだくれていたことが確認されたからである。懇意の店の証言として、僅かに疑問視する刑事もいたが、緊急の連絡先であるポケベルの番号を記録され、一応放免である。行きは車で連行されたが、帰りは送ってもくれない。

言問通りの歩道を歩いていくと、昼休みの時間帯なのか、路上には財布を手にした制服姿の女性たちが目立ち始めた。

その頃になって、急に得も言われぬ悲しみが向井を包み始めた。

人生で一番思い出深い時代、塚口は常に一緒だった。

東京近郊の、ごく普通のサラリーマン家庭で育った向井が考古学に興味を持ったきっかけは、高校生の頃にトーハク（東京国立博物館）で催された中国の古代文明展だった。美しく成形された玉璧《ぎょくへき》や禍々しい形の青銅器にまず魅了され、次に木簡や辺境の広大な遺跡群に惹かれていった。

父親は自分と同じ安定した大企業の会社員として生きる事を強く求めた。が、その煩わしい親子関係を断つために京都の大学へ進み、ぼろぼろの学生寮で数年間暮した。家からは学費も生活費の援助もなかった。ありとあらゆるバイトをこなし、一時は高瀬川沿いのおさわりパブで傭われ店長になったりもした。

塚口と知り合ったのはその頃だ。ちょうど大学院修士課程の二年目で、博士課程に進むと同時に、中国政府の国費留学生になる猛勉強を始めた。そして翌年、修士論文が通り、博士課程の試験にも受かり、留学研究計画書を中国政府に提出。面接にも通った。その年の秋、晴れて北京大学の留学生寮に入った。

その頃、中国国内の経済発展は加速し、各地で大規模な遺跡の発掘が相次いだ。留学生たちに寮生活を楽しむ余裕は全く無い。作業服を着て軍用車に乗り、北京郊外の遺跡現場を点々とした。

向井が派遣された先は、山間部の祭祀遺跡だった。一辺が約八十メートル、高さ六メートルほどの土壇で、周辺からは竹簡《ちくかん》が多く出土していた。

ここの工作站《こうさくたん》（住居兼収蔵保管庫）に寝床を作った向井は、発掘品の整理と実測図作りを命じられた。

中国では、研究者は発掘計画と大学への報告書作りをもっぱらとし、実際の掘り出し作業は技工（プロの発掘技手）や民工（傭いの地元民）が請け負う。実測図も技工の仕事である。日本の考古発掘では基本、学者が自分で実測図を描く。日本人研究者が誰でも技工並の画力があることを知っている発掘責任者は、向井へ「明日までに仕上げるように」と雑に命じてくることが多かった。工作站での室内作業なら楽にこなせるが、問題は現場の実測図だ。中国学界の慣例として、こういうものは実寸が原則なのである。特に横穴《おうけつ》に掘られた遺跡には、巨大な方眼紙を持ち込まねばならず、大いに苦労する。

腹這いになり、天井の落盤におののきながら紙を広げて遺物の形をロットリングペンで写していく。携帯行火《あんか》を持ち込んでの孤独な作業だ。晩秋、北京近郊の野は寒い。未明、温度計が氷点下を示すこともある。

その日、悪戦苦闘の末に実測図を仕上げたのは、午後六時。終業時間ぎりぎりだった。道具を収納し、身をかがめて入口に戻ると、扉が閉ざされている。御丁寧にも大きな南京錠まで掛けられていた。重要な遺跡は夜間の盗掘を防ぐため、鉄格子付きの扉をしめるのが鉄則だが、向井が中で作業をしている事は、現場の人間は皆知っているはずだった。遺跡から工作站に戻る時、必ず点呼をとる決まりにもなっている。

（やられた）

と向井は思った。実はこの遺跡に配属された時から、日本人研究者を目の敵《かたき》にする若い学生グループがいた。ちょうど政府が南京大虐殺や七三一部隊等の反日キャンペーンを始めた時期である。後に『大陸抗日神劇』と呼ばれた荒唐無稽なドラマがテレビで始まり、中国の若者たちがパソコン通信で「小日本人」と侮蔑の言葉を書き並べていた頃だ。

その若い反日家たちの眼が向井に向けられ、陰湿な嫌がらせも一度や二度ではなかった。

（野郎ども、やりやがったな）

向井は穴の口でうめいた。日が落ちて気温はどんどん低くなっていく。救いを求めて大声を出し続けたが、誰もやって来る気配がない。携帯行火の火も消え、向井はやむなく貴重な方眼紙を丸めて衣服の間に押し込めた。朝まで発見されなければ、確実に凍死するだろう。

向井は少しでも外気の及ばぬところに居ようと、発掘口の奥へ潜り込んだ。露出した竹簡の束と、陶片の一部がある。その隙間に腰を下ろし、さて明朝までこの身がもつかどうかを考えた。

（いや、遺跡には見廻りの警備員もいる。時々大声を出してみよう）

絶望的な気分の中で横になった。頭がぼうっとなって睡魔がおそってくる。

と、その時だ。遺跡の表面に何やら動くものが見えた。

ネズミか、と思った。しかし、それは衣服を身につけていた。広袖の端に落莫《らくばく》と呼ばれる飾りを付け、腰に玉佩《ぎょくはい》のベルトをつけている。手に平たい笏《こつ》まで持っているから、これは漢代の役人だろう。

（馬鹿馬鹿しい）

とうとう幻覚まで見え始めたか、と向井は自嘲した。身長五寸（約十六センチ弱）のその小さな男は、地面から露出した竹簡の束を、しきりに気にする風であった。そこに、暗がりからもう一人の小さな人物が現われた。

白い綾絹《あやぎぬ》をまとい、長髪を高々とカンザシで束ねた、後漢時代の貴女だ。白い衣服は喪《も》服。この白服で王宮に入り罰せられた官女の話を、向井は古書で読んだことがある。

その白衣の官女は、レンと称する丸い化粧箱を取り出して銅鏡を眺め始めた。最初に現われた小さな役人は、彼女の後に歩み寄り、後からその肩に抱きついた。

貴女も別に気にする様子はなく、頬笑みながら化粧をしていたが、ふと鏡から顔をあげた。横たわって彼女を見ている向井と視線が合った。

彼女は悲鳴をあげた。まるで耳元で爆発するような金切り音だった。

その時、遺跡の入口で、

「誰かいるか。向井君、そこにいるんか」

関西訛りの日本語だった。助かった、と向井は必死に叫んだ。

「俺はここだ」

見返すと、懐中電灯の光の中にいた小さな役人も貴女も、煙のように消え失せていた。

工作站の詰め所から探索に来たのは、向井から遅れて、ちょうどこの日に現場入りした塚口だった。

夕食の席にも向井がいない事に不審を感じた彼が、技工たちに車を出すよう要請したのである。

命からがら工作站に戻った向井に、鍵をかけて帰った学生たちは、口々に嘲笑を浴びせかけた。

「ろくに仕事もせず穴の中で寝ていたのだろう。自業自得である」

というのだ。向井の怒りは頂点に達した。そして主謀者とおぼしき一人が、

「小日本人」

と吐き捨てるように言った時、拳がそ奴の頰に炸裂した。高校時代、僅かに習った拳法の技が見事に決まって、その学生は壁に叩きつけられた。

当然大騒ぎとなった。悪いことに彼が殴った学生は党幹部の子弟だった。この話は大学から日本側に伝えられ、向井は留学生コースから外された。発掘団の教授や技工の中には、向井へ同情の声をあげた者もあったが、忖度《そんたく》という言葉は中国にも存在する。

とどのつまり、学識者に有るまじき粗暴な者として帰国を申し渡されたのである。

この瞬間、向井のキャリアは崩壊した。

驚いたことに塚口も、憤然と抗議して、留学生の席を蹴った。

二人とも輝かしき研究者のコースを外れ、一方は正規の就職もならず、発掘現場を渡り歩く流れ者。一方は企業の緊急発掘会社に出向の地を見い出して、現在に至るという訳だった。

鶯谷の北口まで来て、一杯ひっかけようと思った。事情聴取のストレスを家まで持ち帰るのは嫌だった。

元三島神社石段下の食堂に行こうとして、止めた。塚口と向井、最後の対面を証言した所だ。店側に悪意は無いだろうが、平気な顔で酒を傾ける気分にはなれない。

(上野に出るかな)

よれよれになった紺のジャケットのポケットに、何気なく手を入れた。

異物が触れた。くしゃくしゃな紙に握り包まれた固いものだ。プラスチックの丸い札が付いた鍵である。包み紙は何かの切れ端らしい。

広げると、数字が並んでいた。それが古代中国王朝の年表を表わすものと、すぐにわかった。その上に、「公園口線路側ロッカー」とボールペンで走り書きがなされている。

塚口の字だと、すぐに察しがついた。彼は仕事柄、参考書で知られたY社の歴史手帳を使っている。あの時、向井はジャケットを、椅子の背に掛けていた。塚口は、彼がトイレに立った隙にでも、急いで投げ込んだに違いない。

向井は少し考えてから、山手線に乗った。僅かひと駅である。上野駅の公園口は、一番小さい出口で、塚口とはよく待ち合わせに使っていた。改札の出口近くには大きな伝言板も置かれている。近頃はポケベルや携帯電話を持つ者も増えたが、依然として手書き伝言に頼る若者も多く、素人と思えぬ見事な出来のアイドル漫画を、チョークで描く猛者もいる。

番号札の数字を頼りに売店横のロッカーを開けた。

小さな封筒が置かれている。向井はそれを取ると、急いでその場を離れた。何やらそこでぐずぐずしていれば、悪い事が起きるような予感がしたのだ。目の前の横断歩道を渡り、公園入口にある東京文化会館に入った。ベンチに腰かけて封を開くと、セロファン紙の袋に入った指先ほどの黒い石ころと、走り書きの便箋が一枚。

「自分に何かあったら、東中野二丁目のオオノ様方へ、これを届けて下さい。そこでだいたいの話は理解できると思います。和哉」

日付は一昨日になっている。

「何だろう」

袋の石ころを眺めた。

友人が得体の知れぬトラブルに巻き込まれていることは、漠然とだが理解できた。

上野公園の野口英世像脇にある水飲み場で顔を洗った彼は、ジャケットの袖口で口元を拭った。日頃からハンカチ一枚持たぬ男である。

「とりあえず飯でも食うかな」

安い店を探して広小路の方へ足を向けた。

二章 小妖の警告

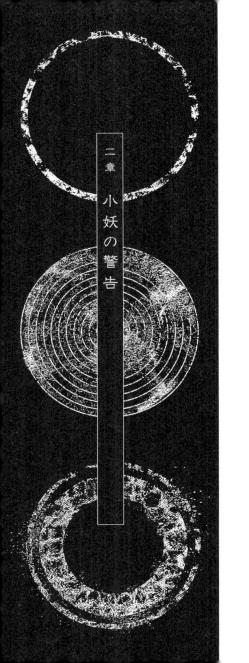

向井は広小路の賑いに辟易して、そのまま山手線に乗った。新宿で乗り換える時、南口のファーストフードで不本意ながらも列に並び、今評判のチキンタツタを買った。中華味のマックチャオより、こちらの方が好きだった。

総武線で東中野まで出ると、駅前の地域図を見た。目的地が山手通りと大久保通りの交差するあたり、と見当をつけて歩き出す。

高級住宅地と言えば、何かと田園調布の名ばかりがテレビで連呼されていたが、東京には思わぬ場所に「超」のつく住宅地がある。

新宿区落合の高台、大田区の山王から馬込、品川御殿山……。そしてこの東中野駅から西南方向に少し下ったあたりにも緑に囲まれた豪邸群が見え隠れしている。

塚口が指定した場所、宮下交差点近くまで行くと、大谷《おおや》石《いし》の高い石垣下に辿り着いた。

ヒマラヤ杉の向うにイギリス式の二階家が見えた。

鉄平石《てつひらいし》を平積みにした門廻りの塀も美しい。

(このあたりは戦災を受けていないようだ)

石段上の建物は、昭和初期に流行したチューダー様式の洋館だった。門を形造る鉄平石は長野県諏訪産の輝《き》石安山岩《せきあんざんがん》だから贅沢なものだ。

（本は手当り次第に読んどくものだな）

と向井は思った。表札には「ＯＯＮＯ」とある。オオノと読むのだろうか。チューダー調の平たいアーチを横目に門柱のスイッチを押した。

玄関で微かにベルの音がした。誰も出て来ない。留守かと思い、踵を返した。石段を降りようとすると、脇の塀にあった隠し戸が開き、白いブラウスに黒のタイトスカート姿の若い女性が顔を覗かせた。

「あの……」

向井が自己紹介しかけると、彼女はちょっと目を閉じて何か記憶をたどる様子をみせたが、すぐに、

「向井幸介さんですね。『城東地盤』の」

「はあ、そうですが」

「おおの先生の秘書をしております、わたくし、一ノ瀬《いちのせ》阿礼《あれ》と申します。塚口さんからお話はうかがっております」

今時の女性に似合わぬ慇懃《いんぎん》過ぎるほどの物言いだ。向井はたしかに城東地盤の仕事を何度か引き受けていたが、常に臨時傭いの身である。社員を名乗るのは少し後めたかったが、塚口の「秘密」を知るための、これも方便とそ知らぬ顔をした。

「こちらからどうぞ」

彼女は、隠し戸の裏へ向井を誘《いざな》った。

「正面の玄関はダミーなのです」

通りから僅かに見える優雅な玄関口は、出入口ではないという。

向井は黙って後に従った。

戦前の用心深い華族の別邸には、時折こうしたダミーの玄関がある。むろん今、向井が潜った隠し戸以外にも、幾つか目立たぬ出入口が存在しているはずだ。

露路を通って中庭に出ると、出窓や破風板《はふいた》に英国風の紋様を彫り込んだ本館が現われた。勝手口があり、そこからスリッパに履き替えて長い廊下を歩いた。

両側に開いた部屋には扉が無かった。中は本や書類の山だ。まるで出版社の書庫を思わせる。突き当りの部屋も、四方にイギリス風の彫刻を施していたが、巨大な本棚があり、そこに人がいた。

草色のローブをまとい、車椅子に座っている。薄暗い室内でもサングラスを掛けているのは、目が悪いせいだろうか。

「向井さんを御案内いたしました」

「ありがとう、一ノ瀬君」

見た目より若々しい声だ。向井より二、三歳ほど年かさといった感じだろう。

「向井幸介君ですね。この家の主人《あるじ》オオノヤスチカと申します。オオノという字は、通常は大に野などと書きますが、当家は『太《ふとい》』の一字を用います」

三重や奈良の山間部に太の姓を持つ神官の一族がいる、という話も聞いたことがある。

（いずれも『古事記』を筆録した太安万侶《おおのやすまろ》の子孫の家という……）

この人物も、太の姓にヤスの名が付くから、そんな家系伝説を持っているに違いない。しかし、同姓安万侶が古事記を成立させたのは、和銅年間（七〇八－七一五年）。平城京遷都の頃だから、そういう血統の伝承はほとんど眉ツバと言って良い。

「僕がここに伺った理由は、死んだ友人がこの封筒を残したからですが」

ロッカーにあった手紙をテーブルに置いた。

「失礼ながら今の今まで、塚口がこうしたお宅と関係があるとは、存じませんでした」

「さもありましょう。塚口君はああ見えて、極めて口の固い人物でした……」

太氏は紙面に目を通すと、セロファン袋の中味を窓際に持って行って、サングラスを外す。

鼻筋の通った役者のような顔だ。その細い両眼もさほど悪いわけではないらしい。

「一ノ瀬君、これを分析にかけて」

女性が袋を受け取って隣の部屋に入っていった。

「まずは礼儀として、塚口君と当方の関係を語るべきでしょうか」

太氏は肘かけのスイッチを動かして、向きを変えた。その時になって彼の座っている車椅子が前輪の小さな四輪式であることを知った。六本木のベッドメーカーが開発した九四年型で、テレビでもニュースになった最新式だ。

（国産車一台買えるという椅子か。こりゃ思ったより内福な家らしい）

向井は己れを密かに恥じた。長く失業者をしていると、考え方もさもしくなる。

「この家の入口構造をどう見ましたか」

太氏は尋ねた。試しているのか、と向井は僅かに不快となった。ここは少し気張って答えるべきか、とも思った。

「見事な鉄平石の平積みチューダー調アーチですね。戦前の洋館は通常、板状節理の平石を壁面に平面張り付けして造りをだいなしにする。鉄平石は表面の油が抜けて脆弱になるものです。他の石と合わせた贅沢な平積みは、デザイナーが優秀な証拠です」

一気に語った。

「なるほど、塚口君の友人ですな。見事な見立てです」

太氏は書棚の間に貼った古い国土地理院の地図を指した。

「塚口君との出会いは四年前。一九九〇年夏の大雨で屋敷の壁面が崩れ、早急に鉄平石が必要になった時です。御存知でしょうがこの石は、諏訪の福沢山にのみ産する板状節理の安山石です。以前からこうした貴重な石に興味があった私は、こんな身体ですが一ノ瀬君に無理を言って車を出してもらいました。久しぶりの研究旅行と洒落込《しゃれこ》んだわけです」

それからひとしきり、太氏は鉄平石のウンチクを語り続けた。その石が昔から信州では田畑のモグラ返しや漬物石に使われていたこと。中央線の開通で東京人の知るところとなり、洋館に汎用されたこと。諏訪の旧家でも本棟《ほんむね》造りの屋根を葺く時に使うことなど。向井はそうした太氏の話を辛抱強く聞いていた。と、しばらくして、唐突に塚口の名が出た。

「……その本棟造りの家を見学している時偶然、塚口和哉君と知り合ったのです。彼は、会社の調査団を率いて福沢山麓遺跡の測量に来ているところでした。同じ民家に宿泊していたのです。彼の知識も驚くべきものでした」

一九八〇年代の終りから塚口の会社は、諏訪地方の緊急発掘権を取得し、主に縄文遺跡の調査を行っていた。しかし向井はそれに参加していない。

「塚口君は考古学ばかりか、鉄の民族学、特に一ツ目神と性器崇拝、天日矛《あめのひぼこ》に関する知識が豊富でしたよ」

「初耳です」

向井はとまどった。

「思うに塚口君は……」

太氏がそこまで言った時、隣室から早足で一ノ瀬嬢が戻って来た。僅かに上気した顔にかかる髪を掻きあげながら、

「先生、ニッケル分と塩化物が出ました。細かい成分の分析は業者にまわさせねばなりませんけど……。ウィドマンステッセン構造が見受けられます。塚口氏の見立て通り……」

先程と少し変って、うわずった声で続けた。

「これは隕石片です」

シャーレとガラス板に挟まれた黒いものを、テーブルに置いた。

(隕石?!)

思いがけぬ言葉に、向井はとまどった。どうもこの家に足を踏み入れてから、見聞きするもの全て戸惑うことばかりだ。

だいたい鉱石、特に隕石の連晶状態を確認するには、並の顕微鏡ではだめだ、くらいは向井にもわかる。

（隣の部屋には、玄人遣いの研究設備があるというのか。このお嬢が、それを操るというのか）

向井の思いを知ってか知らずか、太氏は何事も無かったかのようにテーブルのシャーレを指差し、

「金庫に入れておいてくれたまえ、一ノ瀬君」

「はい、先生」

去って行く彼女を見送った太氏は、しばらく目を閉じて、口をへの字に結んだ。彼なりに気を落着けているようだった。

「少しまた話が長くなるが、聞いてくれますね」

「かまいません。ここに来れば塚口の死の原因が何かわかるような気がして、足を運んだわけですから」

向井はテーブルの端にあるウイリアム・モリスの布が張り込まれた長椅子へ勝手に座った。彼はそれまで、ずっと立ちっ放しだった。

「紅茶でもいれましょう。それともウイスキーが良いでしょうか」

「ではウイスキーを」

太氏はテーブルの上にあるスコッチグラスと、琥珀色の液体が満たされたデキャンタに手を伸した。

アルコールがグラスに注がれる、トクトクという心地好い音を聞きながら、向井は窓の外に目をやった。

枝を広げたヒマラヤ杉の先にも、平積みの鉄平石塀が覗いている。この部屋は「偽の玄関」の、ちょうど真裏にあたるらしい。

「幸介君……とお呼びして……。塚口君は、あなたのことをずっとそう呼んでいました」

「はい、結構です」

「では、幸介君。あなたと塚口君は、長いお付き合いと聞きました」

「はい」

「では、彼の不思議かつ鋭い考古学的……直感を御存知ですね」

「はあ」

たしかに、塚口には妙な特技があった。普通の発掘なら、地層を測定し、遺構の出土層まで掘り下げてから精密に調査する。ところが塚口は、出土推定地を歩きまわるだけで遺構や出土物の位置を正確に予想することがあった。むろん塚口自身は、そんな直感だけでやみくもに掘ることはしない。

「彼にはたしかに、鋭いところがありましたが」

向井は意識的にその話題を避けようとした。塚口以外にも学者の中には往々にして、塚口のような「奇妙な勘」を持つ者がいる。しかし、皆一様にその思いを封印していた。考古学発掘は、警察の鑑識捜査に酷似している。たとえば、犯罪をさして精査もせず、直感を優先させた鑑識員がいればそれは江戸期の奉行所捜査レベルに落ちてしまう。発掘の状況を全て記録し、そこで初めて出土品や遺構の価値が問われるのだ。

この物語の舞台は、何度も書いたように一九九〇年代半ばだが、この頃からFという考古学者によって、旧石器時代の遺物発掘が相次いでいる。その発見確率が驚異的に高いことから、彼は特別非営利活動団体の副理事長にまでのし上った。世間は彼の考古学的直感を讃美し「神の手」と呼んだ。が、その能力に疑問を抱くある新聞社が取材張り込みし、遺物を故意に埋蔵している現場を発見した。平成十二年（二〇〇〇）十一月五日の事だ。このためFが「発見」し確実視されていた二十万年前に遡る前期旧石器時代の遺跡が疑問視された。埋蔵文化財包蔵地消滅や書き直しなど、学界に多大な影響を及ぼした。その後、Fは偽計業務妨害で告発されているが、これは後に不起訴となっている。

むろん向井も一応プロだから、当節のFの活躍を僅かに耳にしていた。

（あの手の勘という奴は、眉ツバさ。いずれバレる）

と思っていた。

「勘といっては塚口君が気の毒かな。彼は独特の鋭い感覚で、埋蔵物の位置がわかったのですよ。特に金属、たとえば鉄鋌《てってい》、鉄斧《てつふ》、刀子《とうす》、青銅製の鏡や銅戈《どうか》などの埋蔵物には敏感だったようです」

太氏はグラスの端に人差し指を宛《あ》てがい、口をつけた。そして、

「木の枝をY字型に削って、胸の前にこう保持して……」

左右の手を胸の前で合わせる仕草をした。

「……その動きで地中の異物を探る術があるでしょう。ダウジングという……」

「児戯に等しい技ですね」

また何を言い出すのやら、と向井はいぶかし気に応じる。しかし太氏は首を大きく振った。

「そう馬鹿にしたものでもありません。第二次大戦中、各国の軍隊は地雷の探査に用いていました。命がけでね。今もロンドンでは水道工事人が、古い配管を探る時、ごく普通に用いています。日本では六十年代、北部九州あたりの埋設ガス鉛管調査に、似た技が使われていたという記録が残っています」

太氏は車椅子の向きを微かに変えた。

「……人によって極端に当り外れのある技ですがね。何年か前、この研究がイグ・ノーベル賞の候補にもなりました。研究者が言うには、磁気に対して生まれつき敏感な体質、その……静電気等の溜り易い人にこの能力があって」

「それでは」

向井は彼の話を途中で遮った。

「塚口が、木の棒なんかを持ち出して、そんな小手先技を、こちらで御披露申しあげたとか」

「ダウジング云々は言葉のアヤという奴です」

太氏は、向井をなだめるように片手をあげた。

「少し下手な物言いをしてしまいましたか。いや、塚口君は、金属性の埋蔵物には敏感だと、自分から私に告白した程度で」

太氏はくるくると話題を変えていった。

「さて幸介君は、隕石というものについて、どれほど御存知でしょうか。特に考古学的視点で」

向井は、この正体不明の人物のくだらぬテストに付き合わされるのが、だんだん不快になっていったが、また意地にもなった。口をへの字に結び、しばし目を閉じて頭の中のページを繰《く》った。

「地球に落下する固い物質――隕石は」

向井は言った。

「そのほとんどが火星と木星の間に密集して存在する小規模な惑星帯から来ると考えられています。全世界に落下するその数は年間平均して二千個ほど。中でも隕鉄と呼ばれる鉄分の多い隕石で硫黄含有量の少ないものは、多くの人類が青銅器しか知らない時代、貴重な物質とされていました。これを熱して打ち延すと青銅器以上に鋭利な刃物が出来るからです。古代エジプトでは、隕鉄を加工し、ペエトあるいはアルト・ペト。すなわち『天から来た石』と言い、古代ギリシアでもシデーラ、シデーロス『星から落ちるもの』と呼んで、これを持つ者は富裕者に限られました」

ソバでもたぐるように、つるつると知識が口から出て来る。まるで憑《つ》き物でも憑いたようで、これも不思議だった。

「いや、よく御存知です」

太氏は手を叩く。蘊蓄《うんちく》好きと乱読から来る知識誇りが向井のもうひとつの悪い癖だ。今も異性にもてない理由は主にこれが原因と本人も感じている。しかし彼は止まらない。困ったことに、太氏も存外な乗せ上手だった。

「博覧強記とは、これなるかな」

空になった向井のグラスにウイスキーを注ぎ足した。

「素敵だ。もっとお話し下さい。非常に興味深い」

「隕鉄は、地球上に産する鉄と質的にさほど変りはありません。しかし中には八パーセントもニッケル分が含まれた天然のステンレス鋼に近いタイプも確認されています。しかし、隕鉄独特の組織構造とされる雪の結晶に似たウィドマンステッセン構造——先程、一ノ瀬さんが口にされていました——などは地球上の磁鉄鉱砂鉄の連晶状態にも時折見受けられるもので、これが可視化されたからといって、さほど驚くに値《あたい》しません」

「そうなのですか」

「それよりも驚くべきは、ウィドマンステッセン構造を持つ隕鉄の中にはごく僅かですが、一定の温度で冷却し、一定の電圧を流すと中空に浮くという現象が見受けられることです。これは一九八〇年に、アリゾナ・バリンジャー隕石の破片を実験したNASAで、初めて確認され……」

と、ここまで話した向井は、己れの言葉のある部分に気づいて慄然とした。

「どうしました」

太氏が尋ねる。

「いえ、何も」

スコッチの程良い酔いに、向井はつい我を忘れていた。が、酔った時の記憶は、往々にして酔った時に蘇えるものだ。ウィドマンステッセン云々の話も以前、塚口と一杯飲み屋であれこれ語り合った際、珍らしく悪酔いした彼が口走った蘊蓄。その受け売りに過ぎぬことを思い出した。我知らず赤面する向井に、

「如何《いかが》しましたか」

太氏は、向井の顔を覗き込んだ。

向井はその時初めて、彼の眼球が薄く蒼《あお》みがかっていることに気づいた。

「どうやら塚口君の一寸変った言動に、幸介君は、思い当る節が多々お有りのようだ」

向井は太氏を薄気味悪く思った。同時に、初対面の人間からこれ以上心底を見透かされ

るのは御免だ、という気分が強まった。

「幸介君には、ずいぶん聞《き》こし召《め》された御様子」

太氏も、これ以上向井を翻弄し続けるのは得策ではない、と踏んだらしい。空になったウイスキーグラスをテーブルの端に遠ざけた。

「少しお疲れのようでもある。今日は、このあたりにしておきましょう。隣室で御休息ください。それとも車でお宅までお送りしましょうか」

「御親切にどうも」

彼の言葉に向井は、自分の行動が少し恥しく感じられた。勝手に家へ押しかけ、酔って無礼な態度をとる。この家《や》の主人が怒り出さないのは、奇蹟とさえ言えるだろう。たしかに酔っている。

「では、お言葉に甘えて。お車をお願いします」

太氏は車椅子を壁際まで動かして、そこにあるインターホンに顔を近づけた。

「一ノ瀬君、お客様がお帰りですよ」

なぜか底冷えするような物言いだった。

(まるでマティラム・ミスラのようだな)

芥川龍之介の『魔術』に登場するインド人の催眠術師が、手伝いの老婆に客の退出を告げる無気味な科白《せりふ》、

「オバアサン、オ客サマガオカエリデスヨ」

というあれ《せりふ》を思い出させた。

向井は、ミスラの術が解けた主人公のようにのろのろと立ち上り、太氏に一礼して部屋を出た。そこに一ノ瀬阿礼がいる。

来た時と同じように彼女の案内で廊下を抜け、勝手口から一歩踏み出すが彼女は、

「こちらへ」

指差した。ダミーだという正面玄関の脇に、下へ降りる石段が口を開けている。

(こんな階段、さっきは無かったはずだが)

阿礼の後について向井は、諏訪鉄平石の段々を踏んだ。鉄柵があり、開けると東中野の通りに出た。女子高生の一団が燥《はしや》ぎながらすれ違っていく。

路上に一台の小型車が停っている。初め軽かと思った。が、よく見ると白ナンバーだ。

「窮屈でしょうが、お許し下さい。あいている車はこれしか無くて」

「ミニ・クーパーは好きな車のひとつです」

「向井さんは、アイビーですものね」

阿礼は向井の黒いニットタイに視線を投げかけると、車のドアを開けた。

「何処までお送りしましょう」

向井は躊躇《ちゆうちよ》した。隅田川沿いのボロアパートを彼女に見られるのは、少し恥しかった。

「調べ物をしたいので、上野公園の近くまでお願いします。そうだな、寛永寺陸橋の外れで降ろして下さい」

阿礼はうなずくと、車を発進させた。

彼女の運転は、かなり荒っぽかった。太氏も、よくこんな女性の操る車輛に不自由な身体で乗るものだ、と向井は呆れた。

町なかで執拗に追い抜きを繰り返す阿礼は、そのたびに唇をゆがめて舌打ちした。

山手通りを下り、初台から高速に上って、僅かに車内の空気が緩やかなものに変った。

（運転席に座ると人変りするタイプだ）

左手に新宿御苑の森を望むあたりまで来ると、ミニ・クーパーのボンネットに、虫のようなものがうごめき出した。

二寸ほどの生き物。白い綾絹をまとい、後漢時代の髪形に結いあげた貴女の姿である。

（出たな）

久しぶりに見る幻覚だった。向井は、身辺に危ないことが起きる前後に、なぜかこれを見る癖《へき》がある。だから別に驚かない。

「どうしました」

阿礼もちらりとボンネット上に視線を送った。

「あ、それね。しばらくすると消えるでしょう」

「そちらにも見えるのですか」

向井は化物でも見るかのように、運転席の阿礼を見返した。他人の幻覚が可視化できるとでも言うのか。

「見えます……」

彼女は少し黙り込み、追い越し車線を抜けると僅かにスピードをゆるめた。

「……中国人はそれを小妖《しゃおやよ》と呼び、イギリス人はフェーリィと言います。シャーロック・ホームズの作者コナン・ドイルは医師であり合理主義者でしたが長年、羽根の生えた小人を見る自分に絶望していました。しかし、ある時、ジョン・アーチャーという一家具職人から、自分も同じものを見ると教えられ、それが単なる気の迷いではない普遍性の物体であると悟って、以後神秘主義者を名乗るようになりました」

「そうですか」

向井は、ボンネットの上を見返した。すでに小さき人の姿は、そこから消えている。

「こ奴は、何か生命の危険が及びそうになると、必ず出て来るんです。私にとっては疫病神のようなものです」

「そんなこと言うと妖精さんが気を悪くしますよ。その子たちは、あなたにとって危険を知らせてくれる、アラームのような存在ですから」

阿礼は髪の毛を掻きあげ、少し恥しそうに小首をかしげた。

「私もひどい運転をしたみたい。どうやらあなたに命の危険を感じさせてしまった」

ペロッと舌を出した。向井はドキリとする。冷静な彼女の相貌がひどく幼な気に見えた。

しばし車内は無言の場となり、やがてミニ・クーパーは入谷のインターから吐き出された。

「お届け先は、上野公園でしたね」

車は入谷通りの交差点を越えた。

「この通り沿いですね。塚口和哉さんが発掘していたあたり」

「ええ、道沿いの焼き肉屋の跡地と、自転車置き場の間」

向井は高架線の下に顎をしゃくった。このあたりの言問通りは、複雑な構造になっている。道路がぐっとせり上って高架となり、根岸一丁目の辺りでＪＲ線を跨ぎ、上野桜木の寛永寺坂に入る。寺や学校、博物館などがある上品な場所だ。猥雑な道下の鶯谷北口の辺りとは雲泥の差で、これが日暮里崖線地域のおもしろいところでもある。

「感謝します。まず、この辺で」

向井は、寛永寺外れの交番脇で車を降りた。

「オオノさんにも、よろしくお伝え下さい」

「向井幸介さん」

阿礼は、小さな運転席から改まった口調で呼びかけた。そして角の丸まった女物の名刺を差し出した。向井も礼儀として、自分の名刺を彼女に渡した。

「ごく近いうちに、またお会いできるでしょうけど。それまで充分お気をつけて。小妖の警告を無視なさらぬように。では、ごきげんよう」

ミニ・クーパーが根津の方向に走り去ると、向井はやっと肩の力を抜いた。

（まったく乗り辛い車だったな）

遊園地のゴーカートみたいな乗り心地だった。おまけに車体下部に隙間があり、足元の路面が見える。あれでよく車検が通ったものだと向井は苦笑した。

それから彼は上野図書館に入り、言問通りと発掘現場周辺一万分の一の地図を数枚コピーした。地図を丸めてポケットに収めると、東京国立博物館脇から新坂を抜け鶯谷駅南口に出、凌雲橋を渡った。

ここ数日、この巨大な跨線橋を何度渡ったことだろう。鉄道マニアでもあるまいに、と思った。橋は東側の言問通りに向って僅かに傾斜している。その中央で少年がカメラを構えていた。彼は先年発売されたばかりの大きなキヤノン・ＥＯＳを抱えている。被写体は、足元に連なる十数本の鉄道線路だろう。彼も、この日暮里崖線の恩恵を受けている一人なのだ、と少年が誇らし気に構える連写機能付の大型カメラを向井は見つめた。

跨線橋の赤錆びた階段を降りて、言問通りの脇道を歩く。先刻、ミニ・クーパーで走った通りに沿う歩道だ。左手はラブホテル街に通じる細道。一戦を終えたとおぼしき若い男女が、何事も無かったかのように路地から出て来る。

言問通りの中央が少しずつ高くなり、駅の北口へ通じる太い横道に行き当ると、焼鳥を焼くあの甘い煙が漂ってきた。

（もうそんな時刻か）

串で一杯という誘惑を振り払って、薄暗い高架下の道を行けば、左側のビル脇に見覚えあるブルーシートが張られている。

道路の陥没現場は、つい先刻補修が終ったらしく、アスファルトが青黒く光っていた。向井は、工事機材を撤去している作業員をひとしきり観察した後、踵を返した。最後に台東区文化財団ビルの現状を確認しようと思ったのである。責任者の塚口が死んだ後、緊急発掘チームがどうなってしまったのか、城東地盤がどう作業の跡始末をつけているのか、そこに興味があった。

電車に乗るのも面倒と、ひと駅近く（と言っても僅か四百メートル程だ）歩いて、財団裏の空地に出た。二階建てプレハブには早々と灯がついていた。

城東地盤のキャンバスが張られた入口の前に、二台のセンチュリーが停っている。

（会社の役員でも来ているのか）

責任者の急死で、会社も混乱しているのだろう。向井も、あえてそこを訪ねる理由はないから、さり気なく空地の前を過ぎた。すでに路上は暗くなり、街の灯も輝きを強めている。

（腹が減ったな）

先程タレの焦げる煙の洗礼を受けたせいか、頭の中で焼鳥のイメージが再び充満し始めた。

歩道を行きかけ、何気なく振り返る。と、プレハブの扉が開いて、数人の男たちが出て来た。

(おや、前にも見た外国人たち)

皆、ノーネクタイだが、黒いスーツをまとっていた。黒人もいれば、一目でハーフとわかる者も交っている。建材置き場のプレハブ小屋には全くそぐわない連中だ。

中の一人がセンチュリーのドアを開けて乗り込もうとした時、路上の向井と眼が合った。その外国人はなぜかあわてて、仲間に向き直り何か伝え始めた。

彼らは急ぎ足でプレハブ小屋に戻って行った。

(何だ、あ奴ら)

向井はさして気にすることもなく、馴染みにしている北上野の焼鳥屋へ向った。

清洲通りの、懇意にしている店に彼は入った。予定と異なり焼トンの店だが、たまたま途中で出会った店の常連に誘われるまま、油汚れした暖簾《のれん》を潜ったのだ。

店主は東松山から来た韓国系のおっさんで、絶妙な味の赤唐辛子味噌を作る。客は近所のバイク屋やサープラスショップの店員が多い。ここでは向井も「穴掘りのセンセイ」で通っている。以前この店で、荒っぽい客同士の喧嘩が起りかけた時、向井が身体を張って止めたことがあった。腕力はさほどのこともないが、外国の発掘現場で培《つちか》った度胸だけは人に負けない。

以来、彼にとって気の置けない店のひとつとなったが、この夜も深酒をした。

得体の知れぬ「御屋敷」でわけのわからぬ男女と奇妙な会話を交した他は、何の収穫も無い一日だった。それが死んだ友人の引き合わせだとしても、今は時間の無駄としか思えない。

（ここでガツンと気分を変えて、明日からまた仕事探しだ）

預金通帳の残高も、そろそろ底をついてきている。

散々飲んで騒いで、明け方に店を出た。タクシーに乗るのももったいない。酔いざましのつもりで隅田川を目指し、浅草沿いをひたすら歩いた。早朝にしては生暖かい風が吹いている。カラスの声ばかりが町なかに響き渡っていた。言問橋の緑地帯に突き当って左に曲り、ようやくアパート近くまで来た時は、朝日が眩《まばゆ》い。今戸神社の境内では老人たちが、ラジオ体操の号令に合わせて、不器用に身体を動かしている。

中の一人が、向井の顔を見ると、その列から離れ駆け寄ってきた。

「てえへんだよ、向井サン。あんたの、あんたの部屋が」

唾を飛ばして語るが、何を言わんとするのかまるで要領を得ない。

ともかくアパートに走った。今戸神社裏の路地にパトカーが停っていた。

警官が二人、管理人のおばさんと話し込んでいる。

「何かあったんですか」

向井が尋ねると、警官の一人が彼の酒臭さに顔をしかめつつ、

「向井幸介さんですね。この部屋の住人の」

「そうですが」

「空き巣に入られたようです」

管理人のおばさんが、壊れたドアノブに視線を向けた。

向井は、なぜかこの異変を予想している自分に奇妙なものを感じながら、急いで中に入った。

室内は天地が覆《くつが》えったような有様だった。書棚は引っくり返され、衣服が散乱している。

向井に付いて入って来た警官が、手帳を取り出してメモを始めた。

「貴重品の紛失についてお尋ねします」

「……と言われても、この様子では」

すぐには答えられない。一番ショックだったのは、発掘留学の頃から愛用しているネパール製の寝袋が、ズタズタに切り裂かれ、中の羽毛も撒き散らされていることだ。

(寝袋に何か隠している、と思ったのか)

「こりゃあ、あとの掃除が大変だねえ」

おばさんが声をあげた。向井はそれでも部屋の隅に転がっている印鑑と、郵便貯金の通帳を発見した。記帳残高は少ないが、不幸中の幸いというべきか。

「金目のものが目的ではないような気がします」

彼が言うと警官は首をかしげる。

「通帳が残っていても、そうとは言いきれません。近頃は区内でも外国人犯罪が増えています。奴らは日本の風習に疎い。金の引き出し方がわからないから、通帳には見向きもしません。カード類の紛失は」

「全部財布に入れて、持ち歩いています」

といった調子で、短いやりとりがあった後、

「気付いた点があれば、遠慮無く町内の交番までお申し出下さい」

警官は、そそくさと引きあげて行った。

しばらく窓の外で無線の交信が聞こえていたが、それもパトカーが去ると同時に消えた。

「警察も空き巣だと、このくらいの扱いしかしないのかねえ。ドラマじゃ指紋とったり、もうちょっといろいろ調べるのにさあ」

管理人のおばさんはそう言うと、向井のためにゴミ袋と掃除機を用意すべく、少し怒りながら出て行った。

向井は、ジャンル別に分類した書籍の山が崩されている形を見て、腕組みする。特にひどい崩れ方をしているのは考古学関係の山だ。中には表紙を外され、カバーがぐしゃぐしゃにされた本もある。

(金目のもの以外を捜しているのだな。それも本に挟めるほど小さなものを)

向井は部屋を片付けながら、ある種の確信らしきものを抱き始めていた。

(小妖の出現は、この事態への警告か。否《いな》、もっと危ない場面があるような気がする。空き巣が狙ったものは、塚口が秘匿したあの『隕石』のかけらと見るべきだろう)

「とりあえず掃除が済んだら、布団を買いに行こう」

声に出してみた。未だ花冷えの季節である。寝具も無く、ただ畳に寝る生活は堪え難い。

「たしか、東浅草にそれらしい店を一軒見かけたな」

掃除を終えると、向井は寝具店に向った。この間、二度ばかりポケベルが鳴った。知らない番号だから初めは無視する。しかし、ふと気付いて一ノ瀬阿礼から貰った名刺を確かめると同じ番号である。

道沿いにある石浜公園脇の電話ボックスに入り、テレホンカードを挿入した。阿礼はすぐに電話口へ出た。

「ああ、よかった。何事もない御様子」

「何事もないというわけじゃない。留守中、部屋が荒されていました。別に盗られたものは無かったけど」

「太氏は非常に心配なさっていました。『水占《みずうら》で幸介君の命運《めいうん》を占ったが、危うい卦《け》が出た』と。今は外ですか」

阿礼はせわしなく尋ねる。

「外だけど、ちょっと買物をしたくてね」

「部屋に貴重品は」

「財布も通帳も持って出ました。あ、近所までなので靴を履いていないや。ちびた便所サンダルを突っ掛けてる」

向井はわざと下卑た言い方をして、淑女然とした阿礼をからかったつもりだった。が、

彼女はそれにかまわず、

「そこはどなたかの電話口？」

「いや、公衆電話です。道路沿いの公園入口にあって、人気《ひとけ》のない……」

すると阿礼は、少し考えるように間を置いて言った。

「逃げて。すぐにそこを出て、もっと人目のあるところに」

彼女の、声のトーンがあがった。と、ボックスに置かれた電話帳の上に、官服をまとった例の小妖が、ゆっくりと姿を現わした。

ボーッという汽笛が聞こえる。隅田川を上下する船のそれではない。大型トラックの特殊な警笛だ。

向井はボックスのドアを開けると、石浜公園の茂みに飛び込んだ。なぜだかわからないが、そうした方が安全と感じたのだ。

直後、南千住方向から走って来たコンテナトラックが公園の前で横転した。巨大な車体がゆっくりと電話ボックスを押しつぶし、公園の石柱を粉々に粉砕した。

しばらくは静寂があたりを支配する。その後、甲高《かんだか》い声があがった。それは石浜小学校の校庭から一部始終を見ていた生徒たちの放った、悲鳴だった。

三章　逃避行

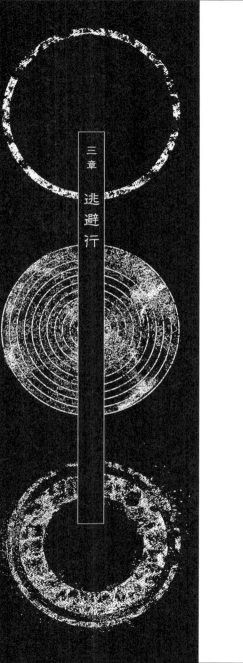

向井は、阿礼の言葉に従い、浅草へ出た。

そのまま家に戻るのはまずい、と感じたからだ。なるべく人目のある場所を選んで歩き、仲見世裏の靴屋で安い革靴を買った。素足にサンダル履きでは、いざという時、行動が制限される。ものはついでと伝法院通りの古着屋に入った。襟の広い古臭い形のジャケットと黒のスラックスを選び、その場で裾を詰めてもらった。

何だか浅草の演芸場に出る若手の芸人みたいな見た目になったが、それが伝法院通りでは逆に目立たない。

この間、何度かポケベルが鳴った。向井は浅草寺横の公園にある電話ボックスに入る。数十メートル先には三社様があり、観光客がそぞろ歩きしている。風俗店のカードが目いっぱい貼られた扉に足をかけて、いつでも飛び出せる体勢のまま、受話器をとった。

すぐに阿礼の低い声が聞こえた。

「今はどこに」

「浅草寺の横だよ。エロい写真に囲まれてる」

向井は、彼女に丁寧な口調で接することに倦《う》んでいた。

「迎えに行きます。程良い場所を指定して」

「いいよ、これ以上君らと関わり合いたくないが」

向井は声を荒らげた。

「泊めてくれる友人のストックはある。まずは、そこを渡り歩く」

「あまり良い作戦とは言えません」

阿礼はまた少し黙り込み、さらに声を低めた。

「あなたは『敵』を軽く見過ぎている」

「軽く見ちゃあいないさ。愛用の寝袋を裂かれたあげく、トラックに押しつぶされかけて……」

向井の言葉を、阿礼はさえぎった。

「こちらも手ひどい一撃を受けています」

と言った。

「一撃？」

「太氏も東中野を出ました。説明はお会いしてから。浅草で人が最も多いところは、ええっと」

「まあ、雷門だろうね」

「門の前に藪蕎麦《やぶそば》に通じる通りがあるでしょう。角に銀行があって」

「駒形へ抜ける太い道だな」

「三十分後にその角で」

電話は切れた。

向井は浅草プラザ前の地下鉄銀座線入口まで歩く。ブルーの風除けシートが張られたスタンドで、新聞を買った。

交番の前まで歩いて行って、観光客に交り、配られたばかりのその夕刊に目を通した。

石浜公園脇で横倒しになったトラックの写真が三面に踊っている。清川から東浅草に抜ける道は閉鎖され、車輛の撤去に難航。運転手は逃亡、とあった。

『『これが小学校の登下校時と思うと、ぞっとする』』

というありがちな住民のコメントが文末に付けられている。

大提灯下で暇をつぶし、銀行の前に行くとトヨタのハイエースが停っていた。

運転席から阿礼が顔を覗かせて、向井に手を振った。

「早く乗って」

向井がのろのろと乗り込むと、駒形橋に向って走り出した。

他に人の気配がある。カーテンを閉めきった後部座席には、車椅子に座った太氏が頰笑んでいた。

「わざわざ私ごとき者のサルベージに御大《おんたい》自ら」

皮肉っぽく言うと、太氏はちょっと肩をすくめて、

「東中野の屋敷を出る事態に陥りました。凝った造りで気に入っていたところでしたが」

まるで大事な帽子でも失くしたような口振りだった。

「車でも突っ込みましたか」

「放火ですよ。実に効果的な焼き打ちです。外壁は石造でしたが可燃物の多い旧式な家です。都の重要歴史建造物ですからね。夜のテレビニュースでも大きく取りあげられるでしょう」

「あの、美しい石造りの建物が燃えた」

「敵は、他人の国の歴史遺物など何とも思っていない。トレジャーハンターのような、粗雑極りない思考の持ち主です」

太氏は車体に固定された車椅子の手すりを、人差し指で叩いた。その温和な表情とは逆に、胸の内は怒りに満ちているようだった。

「そろそろ私にも、お二人が言う『敵』の正体を教えていただきたいものです。私だって、ずいぶんな被害を食らっている、当事者の一人なのですから」

向井は車窓に目をやった。車はいつの間にか駒形のインターから高速六号の向島線に乗っている。阿礼が説明した。

「このコースは使いたくなかったのですけどね。通行車輌が少なく、『事故』が起っても目撃者は少ない。私も珍らしく緊張しています。目的地に落ち着いたら、ゆっくりお話ししましょう」

「目的地？」

ハイエースは両国ＩＣから高速七号に入った。市川・原木の表示が見える。

「千葉に向います」

阿礼がわかりきった返答をした。

ハイエースは、高速を宮野木のあたりで一般道に降りた。

工業地帯の縁を南に下っていく。向井はこの辺の風景に心当りがあった。左手の佐倉街道沿いには加曽利《かそり》の巨大な貝塚と有名な博物館がある。考古学を学ぶ者なら避けて通れぬ場所だ。

が、その後は何処を走っているのか、皆目《かいもく》見当がつかない。京成線とＪＲ外房線の線路を越えたあたりまでは理解できたのだが……。

（いずれにしても南に下っているんだろう）

右手の車窓を覗くと、東京湾岸のコンビナート地帯を示す灯が、微かに瞬いて見えた。

後部座席に「固定」された太氏は、一言も発さない。眠っているようだ。

（この人は、一体何歳なのだろう）

無理して若造りしている老人にも見えるし、わざと老成した雰囲気をまとっている風にも思える。後者の場合、タレント化した大学の教授などによく見受けられる。

最もわからないのは、運転席にいる一ノ瀬阿礼とこの太氏との間柄だ。ただの秘書兼運転手と雇用者、という立場ではなかろう。もっと濃厚なつながりであることは昨日、東中野の屋敷でも感じていた。

（二人のやりとりを見ていると、一ノ瀬嬢の方が時折、態度も大きい感じがする）

箸の上げ下げまで面倒を見ているうちに、齢の離れた男女が自然と理《わり》ない仲になってしまうのは、よくある物語だが。

（しかし、そういう生臭い関係でもなさそうだ）

向井はそこで考えるのを止めた。車が停ったのだ。

辺りは夕闇に包まれ、僅かに街灯がひとつ。森の中にぽつんと灯っている。

まるでルネ・マグリットの描く幻想絵画のようだ。

少し違っているのは、その街灯が雪洞《ぼんぼり》の形をしており、背景の森に桜の木がかたまっていることだった。

温暖な内房の事とて、木々は都心と異なり、半ば葉桜と化していた。阿礼にうながされるまま向井は、ハイエースの扉を開けて、車椅子の太氏を降ろす手伝いをした。

とはいえ車体に内蔵された自動昇降機が、ほとんどの作業をしてくれるから、向井が行うのは接地面を確認するだけである。そこは普通車が三台ほど停められるかどうかという狭い駐車場だ。

『参拝者・関係者以外の駐車はおことわりします。多神社』という手描きの看板があり、「多」の文字には、平仮名で「おお」と振られている。

（多神社といえば）

奈良県の田原本《たわらもと》にある多坐彌志理都比古《おおにいますみしりつひこ》神社、通称大和多神社が名高い。向井は学生時代、遺跡調査の手伝いで散々っぱら周辺を歩きまわっている。

（『古事記』の編者太安万侶《おおのやすまろ》も、田原本で祀《まつ》られていた）

お屋敷を焼かれて身の危険を感じた太氏が、同族系の神社に避難する、といった話なのか。

（それにしても、千葉県なんぞに多氏系の神社があったとは）

日本の神々はそれを敬う人々の移動によって本社から勧請《かんじょう》（神霊を分け迎えて祀ること）されるから、思わぬ場所に同名の社がある。沖縄・那覇の波ノ上宮では紀州系の熊野三社を祀り、九州・宇佐の八幡神を祀る神社は、東北にも数多い。

「足元にお気をつけて」

葉桜の陰から懐中電灯を下げた白衣の人物が、声をかけて来た。格好から見て、この社の神主のようだ。

こちらに向って深々と頭を下げたが、それは向井に対してではなく、彼が押している車椅子の「貴人」に対してであった。阿礼がまず答礼した。

「お世話になります」

「途中、何事もなかった御様子」

その神主は、森の中の小道を先導した。鳥居の脇に砂場と遊具が見える。幼稚園か保育園を経営しているようだ。

（思ったより規模の大きな神社だな）

脇道から参道に出ると幾つかの摂社が並び、拝殿は小振りながら板張りの大きな平屋が附属している。こういう建物は通常、神社の資料館か武道場である場合が多い。

闇の中を神主の白々とした着衣を目印に歩み、社務所の玄関を上った。

阿礼が手早く車椅子から太氏を降ろし、車を折り畳んだ。彼女に手を引かれた太氏は、おぼつかぬ足どりで畳敷きの座敷に上った。不自由ながらその程度の歩行は可能のようだ。

四十ワットばかりの白熱灯が点った。この建物には他にも誰かがいるらしい。

「ようこそお越し下さいました。当社祭祀の者どもに成り変りまして、御無事をお祝い申しあげます」

座敷の上座に腰を下ろした太氏に向って、神主は平伏する。それは客に対する挨拶というより、神々へ言祝《ことほ》いでいるようにも見えた。

一番下座に座った向井は、さして広くもない座敷の造りを観察した。床ノ間には掛け軸が三幅。中央に「天豊媛命《あめのとよひめのみこと》」、右に「天目《あめのま》一箇神《ひとつのかみ》」左に「馬木《まぐ》田国造《たのくにのみやつこ》」とある。

（なるほど、そういうことか）

向井は天豊媛命という名でようやく腑《ふ》に落ちた。

数年前、埼玉県行田市で関東各大学の留学生を招いて考古学の初心者セミナーが催された際、向井は指導員として参加した。この時、日本国内の発掘体験があるインド人青年が、不思議な話を口にした。

「千葉に、インド人を祀る神社があるのを御存知ですか」

彼は千葉大の学生だった。神仏混交の時代が長い日本では、仏教の影響を受けた神社信仰もさして珍らしいものではない。しかし、インド人そのものを神として祀るのは、向井の乏しい知識では、紀州熊野と四国の金毘羅信仰くらいしか思い浮ばない。

「ノーノー、クンビラ（印度の鰐神《わにがみ》・金毘羅神）のことではなく、インドの女性神」

と留学生は首を激しく上下させた。インドのガンジス中流域では否定を表わす時、首を横に振らない。

「ソデガウラ・イイトミの高台にある古い神社ですよ。千葉のインド人留学生は、皆知っています」

向井が後で、『上総国神名帳』と『新選姓氏録』を繰ってみると、それに近い話がたしかに記されていた。

千葉県袖ケ浦と木更津《きさらづ》は、かつて上総国望陀《もうだ》郡《ぐん》だったが、大化の改新以前は「馬来田国《まぐたこく》」と呼ばれていた。現在でもそこには式内社として飽富《あきとみ》神社が鎮座しているがその近く、神《かん》納《のう》地区の高台に「率土《そっと》神社」があり、この神社の伝承がまた奇妙極まりない。

古代インド摩伽陀《まがだ》国王、盤古《ばんこ》に嫁いだ埴安《はにやす》姫は、王の悪政で乱れた国を捨て、七人の王子と一人の有能な家臣を連れて海上に逃れた。苦労の末に西暦七一八年（日本暦の養老二年）日本に漂着した姫は、時の元正天皇に迎えられた後、東国に土地を賜わる。

この時、姫は天豊媛命の名も賜わり同年の六月、上総国望陀郡飫富《おふ》に着いたが、この時大いに立ち働いたのが有能な家臣、日本名「太 朝臣《おふのあそん》清麻呂」であったという。

（しかし、『日本書紀』にある埴安姫は、日本神話にある神だ。盤古という悪王も、古代中国神話に登場する身の丈数メートルの巨人ではないか。そして帰化人太清麻呂までインド人とするのは、少々突飛《とっぴ》過ぎる）

向井が床ノ間の軸と太氏の澄ましきった顔を交互に見比べて、あれこれ考えていると、

「東京の近県といっても、ここは辺鄙《へんぴ》。ハイエースで下の道ばかり走っては、さぞお疲れでしょう。別室にお食事も御用意してございます」

神主が腰をあげた。

「お部屋は御一人一室御用意いたしました。駐車場の車は、家の者に隠蔽させます。田舎であの手の車は目立ちますから」

別に気負う風もなく、まるで座敷箒《ほうき》でも片付けるような口振りで廊下に出た。

後に付いて三人は宛てがわれた部屋に入った。阿礼は太氏の面倒を見るために並びの小座敷を与えられたが、向井のそれは塗りの膳や白木の祭具を収めておく道具部屋らしき三畳間だ。

（まあこんなところだろうな）

しかし、寝具は清潔なものが重ねられている。日頃は汗臭い寝袋で過している向井にとっては、これでも格別の待遇と言うべきだろう。

食事は太氏の指示で、各部屋に運ばれて来た。驚いたことに、向井の部屋には神主自らが膳部《ぜんぶ》をふたつ運んで来た。

「初めてのお客様とて、失礼ながら御相伴《おしょうばん》つかまつります。神社のことですから、酒だけは御申しつけられるままに、いくらでも」

大きな真鍮《しんちゅう》製の酒器まで持って来た。

「神官職と申しますものは、こんな小さな神社でも、なかなかに肩肘を張らねばならぬものでして。また、近在には話の合う者もおりません。聞けば向井先生は学究の徒であり、海外での御体験も豊富であるとか」

まずは一献と、古風な土器《かわらけ》に酒をなみなみと注いだ。

「当社の宮司と幼稚園の園長を務めております。大野波多麻呂《はたまろ》と申します。元は市原の五井で保育園の保父をしておりましたが先年、父使主《おみ》麻呂が病没し」

急遽神職の資格を取って、附属幼稚園の経営も引き継いだという。

「当社は神納の率土神社と並んで上総国では一時高い社格を誇って参りましたが、中央で中臣《なかとみ》氏興り、同じ祭祀を掌《つかさど》る忌部《いんべ》氏、多氏の凋落にともない、社殿も次第に縮小して現在に至っております。それでも戦国期から江戸期にかけ、坂東鋳物師《いもじ》の頭領大野六郎左衛門（世襲）の崇拝を受けて社格再興を夢見たこともございました」

「ああ、それで先程の床ノ間の軸に」

天目一箇神の神名がある理由が、向井にも理解できた。アメノマヒトツノカミは、その名の通り一ツ目の鍛冶神という。

古代の鍛冶神がなぜ異形かといえば、鉄を溶かすタタラの穴《ほど》を見つめて過すうち、炎が眼球を焼く事故が多かったからと民俗学では説明されている。

「その縁でありましょうか。神社の幼稚園に通う園児の父兄にも、製鉄業に携わる家が多く、また祖先を多氏と称する者も多いようです」

「お名前からして、宮司も鋳物師大野氏の家系かと」

向井が言うと、神官は苦笑気味に俯いた。

「左様。大野家は平安末期、木更津に本拠を置き、本家は当代で五十七代目を称しますが、私めの家などは傍流でありまして、太田金谷神社の祭祀を掌るよう定められ、多神社《とうしゃ》が創建されますと、そのまま神職として移行し、今に至っております」

「太田というと、JR木更津の駅前にその地名が残りますね」

「ええ、太という字が使われておりますでしょう。上総国において『太』の字を用いる土地、大野・大河原・大島の姓は古語のオフ（オオ）から来たと聞いております。我が家も太朝臣の末、『古事記』で知られた多氏の祖神、太安万侶の血をひくと」

神官大野波多麻呂は、うむとうなずき腰をあげた。物置きの脇にある唐櫃《からびつ》に歩み寄り、蓋を取った。中をごそごそ掻きまわして、埃だらけの和綴じ本を取り出した。

「戦時中、このあたりは帝都防衛の重要拠点でした。終戦間際に米軍の猛爆撃を受けましてね。社殿も被弾炎上しましたが、その時、祖父がこの櫃だけ辛うじて持ち出したのです」

本の束《つか》をつまんで埃を落した。

「これは上総国の多氏と大野一族の由来を記したものです。御一読下さい。御興味がおありなら、あとでコピーをとってさしあげましょう」

乱読家の向井は、寝る前の読書が長年の習慣になっている。

「ありがとうございます」

田舎神主の家系伝承など別に興味も無かったが、これとてまあ睡眠導入剤代りになると思い、うわべだけはありがたい気に頭を下げた。

神官大野はその後、良い機嫌で膳部と酒器を片づけると、出て行った。

向井は敷き布団を広げた。枕元に電気スタンドを置くと掛け布団を引き被った。

（まるで洞穴の熊だな）

布団の中から首だけ出し、埃臭い和綴じ本を広げた。

意外にも文章はペンの手書きである。〇〇（記述不明）これを写すとある。先々代の神官あたりが伝書を写筆したものらしい。冒頭の数行は祝詞《のりと》であろうか。

「『天目一箇神を以《もっ》て作金者《たくみ》として天香山《あまのかぐやま》の金《かね》を採《と》りて日矛《ひぼこ》を作らしむ。又真《またま》名《な》鹿《しか》の皮を全《うつは》ぎに剝《は》ぎて天羽鞴《あまのはぶき》に作り……』」

『日本書紀』から取られたとおぼしき鍛冶始めの言葉が記されていた。その後はページに数枚の欠損があり、祖神神八井耳命《かむやいみみのみこと》の伝承に移っていく。

「『それ神八井耳命、神武天皇の皇子にして綏靖《すいぜい》天皇の兄にまします。これ多氏の祖なり……。平城《へいぜい》天皇の御時、即ち大同《だいどう》二年、大和国十市郡飫富郷に鎮座まします多神社の御分霊を一族、奉持して東に下り、初め常陸国（茨城県）潮来《いたこ》大生《おおう》に祀り、後に金《かね》を求めて上総馬来田に下り、多神社鎮座す』……か」

綏靖天皇は神武天皇の次の代の大王《おおきみ》、いわゆる「欠史八代」の一人に数えられる。現代の史学では、架空の帝とされる。一方、平城天皇は平安京遷都を行った桓武天皇の子で第五十代、実存の帝だ。父の治政を越えたいと願うあまりノイローゼとなり、在位僅か三年で実弟に皇位を譲った悲劇の人という。この帝即位の翌年、多（太）氏が草深い東国の地に移動したのは、平城天皇の不安定な政治状況と何か関係があるのだろうか。

向井は、さらにページをめくった。

（……しかし、太氏は奇妙な氏族だな。『古事記』編纂などで知られる文字の家柄かと思ったが、実は金属加工業者の貌《かお》も濃厚に持っていたのか。おや）

ページを繰る指先に違和感がある。綴じ目に挟まっていた何かが、ハラリと下に落ちた。

それは一枚の写真だった。

セピア色に染ったひどく古い物で、大きさは名刺ほどもない。

獅子の飾りがついた古いビルの扉に、男女が寄り添っていた。向井は眼をこすってその写真に顔を近づける。

「不思議だな」

男は白っぽいソフト帽に、三ツ揃いの背広。女の方は縞の和服に日傘を差していた。姿こそ異なれ両者の容貌は太安近《おおのやすちか》と阿礼のそれに酷似している。

写真の裏を返すと、ペンの走り書きで『昭和〇年四月上海にて』

とあった。年号の数字もインクが擦れて、よく読みとれない。

(上海か。戦前のスナップらしいが、彼らは太氏の先代かな)

別に驚くこともあるまい、向井はすぐに思い直した。

同族の隔世遺伝はよくあることだ。向井自身、子供の頃に父親から、

「幸介、お前は爺さんに顔も動きも気味悪いほどそっくりだな」

と、よく言われたものだ。

彼の祖父は大正生まれで、戦争体験者ながら諸事鷹揚、悪く言えば大雑把なところがあり、生真面目《きまじめ》な中間管理職サラリーマンの父とは反りが合わなかった。その祖父は、就職もせず大学でゴロゴロしている息子に対してあれこれ言う息子から孫を庇い続けた。

「我が家から考古学者様が出るんだ。もっと長い眼で見てやれば良いのに」

と、時折は小遣いまで与えてくれた。そんな時の祖父の表情は、驚くほど自分に似ていた、と向井も思う。

「しかし、なあ」

隔世遺伝のそっくりさんが、太安近の先代あたりにいるのは説明がつくとして、彼に寄り添う女性までが秘書の阿礼に酷似とは、どういうことなのか。

(偶然か。いや、そうか。一ノ瀬阿礼も太氏の一族なのだな。彼女の祖母あたりが戦前、上海に渡り、この写真に収ったと考えれば)

(つじつまが合う……か。へっ、それこそとり止めもない)

唐突に睡魔が襲ってきた。思えば今日は、驚くべき出来事の連続だった。

（もう眠ろう）

電気スタンドのスイッチを切って、布団の洞穴に首を引っ込めた向井の意識は急速に闇の中へ落ちた。

遠く近く潮騒《しおさい》のように子供の笑い声が聞こえてくる。

ごしごし目尻をこすり、向井は枕を押しのけた。おっと、ここは今戸のアパートじゃなかった、とぼんやりした頭を叩く。

子供たちの歓声が、神社附属の幼稚園から発せられるものと察して身を起した。彼はさほど寝起きの悪い方ではない。

枕元を見ると、洗い晒しの和手拭いと旅館のアメニティ・グッズに似た洗面セットが並べられている。

手早く布団を畳んで部屋の隅に片付け、洗面用具を摑んで廊下に出た。トイレの先にタイル張りの流しがある。そこの窓から幼稚園の庭が望めた。黄色い帽子を被った幼児の群が駆けまわっている。

濡らした歯ブラシを銜《くわ》えた向井は、廊下の反対側に視線を転じた。板張りの壁に格子付きの扉がある。覗いてみると、こちらは道場につながっていた。七、八人の男女が板敷きの左右に分れて、棒のようなものを振っている。

（杖術《じょうじゅつ》か）

振り下ろし、持ち手を変えて下から払い上げる、という一連の動作を繰り返していた。掛け声を発することもない。ただ、びゅっという宙を裂く棒先の音だけが響いてくる。

（中国の棒術みたいだが）

北京の大学にいる頃、向井は学生たちに誘われ五尺の如意棒《にょいぼう》を握ったことがある。その時、覚えた動きと、今眼の前で行われているそれでは、足の動きが僅かに違って見えた。

（彼女もいるな）

道着姿の男女に交って、紺のジャージを着た阿礼が棒を振るっていた。足の運び、半身《はんみ》の返しなど、なかなか堂に入っている。

（いかん、いかん）

ぼんやりと鍛錬を眺めていた向井は、我に返った。うがいをして顔を洗うと部屋に戻り、ゆっくり衣服を整えた。

（朝食はどうなっているのかな）

再び廊下に出ると、阿礼がやって来た。

「朝食は私たちの部屋で御一緒に。その前にシャワーなど浴びます？　私はもう済ませましたけど」

「早朝の武術練習とは、健康的だね」

「さっき、廊下から覗いてたでしょう。よほどお誘いしようと思ったんですけど」

阿礼はシャワーで湿った髪が気になるのか左手でせわしなく後頭部を撫でつつ言う。

「いや、俺は……瞬発力だけが取り柄でね。コツコツ技を鍛えあげる古武道には向いていないんだ」

向井は自嘲するように鼻へ小じわを寄せた。

「ふーん、瞬発力ね。だから、トラックで押し潰されかけても、楽々かわすことが出来たのね」

阿礼が形の良い唇の端を軽く曲げた。と、向いの部屋から太氏の声がかかった。

「二人とも、剣呑《けんのん》な立ち話は程々に。部屋に入ってお座りなさい」

向井と阿礼は、障子を開けて中に入った。すでに膳部は運び込まれている。太氏は茶席で用いるような老人用の箱座椅子に、座布団を重ね、そこにちょこんと座っていた。投げ出した足が不作法に見えぬよう腰まわりに青い布を掛けているのだが、おかげで座高が異様に高く感じられる。

「さあ、箸をつけましょう。ここの朝餉《あさげ》に出る干物は絶品ですよ」

阿礼がお櫃の飯をよそい、茶を入れた。向井が床をとった物置まがいの部屋に比べて、その部屋は、床ノ間と庭から差し込む光のまぶしい小座敷だった。

窓の向うには緑の輝く広葉樹の林があり、鳥居の上端が木々の間から突き出している。

「青葉と陽光、幼な子の笑い声。平和そのものです」

太氏は、鰺《あじ》の干物を自分でほぐせないらしく、脇に座った阿礼が箸先で丁寧に皿へ分けていく。

向井はあまり無遠慮な視線を二人に投げかけまいと、自分の膳部に集中するポーズをとった。その程度の気遣いは彼にだって出来る。

「昨夜は、宮司と話が弾んだようですね。幸介君」

太氏は、阿礼が口元に運ぶ魚の身に舌鼓を打ちつつ話しかけてくる。

「ええ」

向井は多くを語らず、干魚を頭からバリバリと噛った。この土地と多氏の血脈を、暇つぶしに遊び読みしていた、などと言えば、彼もあまり良い気はしないだろう。

（あの本の存在は、まだ黙っておくべきかな）

和綴じに挟まれていた写真に関する話も、しばらくは触れぬようにした方が良い。

なぜかそんな気がした向井は、飯茶碗の中味を荒っぽく掻き込んだ。すると、阿礼が自分の膳に置かれた干物を皿ごと彼の膳に載せた。

「これはどうも」

「食欲のあることは結構なことね。夕べもさほど食べてなかったんでしょう。無理もないわ。曲事《ひがごと》が大波のごとく押し寄せて来たんですものね」

阿礼は哀れむような口振りで向井に言い、また魚をほぐす作業に熱中し始めた。

（曲事が押し寄せる、か。なんて古びた言いまわしをするのだ）

薄く笑う向井に太氏も言葉を改めた。

「こういうトラブルに巻き込んでしまって、まことに申し訳ない。もっと注意深く君をお招きすれば、奴らを刺激することもなかったのだ」

箸を置き、深々と頭を下げる。

「良いんですよ。死んだ友人が絡んでいたと知ってせかせかと動いたこちらにも落度が無いとはいえません。しかし、こういう立場になったからには、もう俺も後戻りできませんね」

向井は茶碗も置いて、言葉を改めた。

「状況から判断して、俺の友人は発掘品の絡みで殺害されたらしい。俺も、住居を荒されたあげく、二十トントラックに押しつぶされかけた。その直前にお会いした浮世離れしたお屋敷も放火され、その所有者一行と逃避行……」

向井は浮世離れ、というワードに勢一杯の嫌みを込めて言った。

「……ミステリーの巻き込まれ型主人公だって、ここまで設定が揃い過ぎてると、逆にリアリティが無いと、読者からブーイングが起きるでしょう」

「あなた、そう言っている割りには、この状況を勢一杯楽しんでいるように、私には見えるわ」

阿礼がようやく己れの膳にあった椀を手に取って笑った。向井は彼女をじろりと睨み、

「それは、ね。選択の余地が全く無いからですよ。あなた風に言うなら、『楽しまざるを、これ如何《いか》にせん』。半ばやけくそな……あ、食事中失礼」

ほたほたと太氏が膝を叩いた。

「君が苛立《いらだ》つ理由は、ただひとつ。私たちが『奴ら』の正確な情報を持っていながら、君には未だ明確な情報を呈示していない。これですね。実は、幸介君をここにお誘いした理由《わけ》も、そこにあります」

太氏はちらり、と阿礼を見やって、

「事はあまりにも複雑怪奇なのです。早急にこの状況を、また『奴ら』の実像を語っても、幸介君はにわかに信じないと思う。大笑いするか、いや、人を嘗《な》めるなと怒り出すかも知れない」

と小声で言った。向井は、膳に箸を置いた。

「ずいぶんもったいぶるものです」

「私は東中野の家から持ち出した資料を至急整理しなければならず、昼前にそれが終ります。中食《ちゅうじき》の後に座を改め、順序立ててこの『異常な敵』について説明しようと思います」

「わかりました。今日の午後イチに必ず」

「ええ、君たちの言葉で言う『午後イチ』に。ははは、おもしろい言葉だ。午後イチ……」

つい口をついて出た言葉を太氏に論《あげつら》われ、向井は益々不快な気分になっていく。

遅い朝食を済ませた後、向井は一人境内を散歩した。

まず礼儀として本殿に手を合わせた後、参道脇に並ぶ摂社末社を訪ねていく。

いずれも白木造りの古い祠《ほこら》である。それぞれに立て札があり、祭神が表記されている。

『馬来田郎女《まくたのいらつめ》神社、小麻賀多《こまがた》神社、菅田比売《すがたひめ》神社……』」

どの祭神も東京近辺の神社ではあまり馴染みがない。数が多いのは、大正時代の神社合祀《ごうし》政策でこのあたりの村々から集められた旧村社だからだろう。

どうやらこれらの神々は多氏や太氏、大野氏にゆかりのある金属神の系列らしい、と向井は見当をつけた。

まず間違いあるまい。白木の祠の中に、青苔の付いた石造りの小社がふたつ。いずれも端の反った異形の屋根を持っている。祭神名は、天豊媛命・神納保理命《かんのうほりのみこと》である。

天豊媛命の由来は昨夜聞いている。インド摩伽陀国の女王埴安姫の別名だ。一方、神納保理命の方は民族学でもよく耳にする。

（神納とはカンノウ、カンアナ（鉄穴）のある土地を尊んでのことという）

鉄器製作上欠かせない砂鉄を掘り出す穴そのものを、神に見立てているらしい。

この二柱には特に詳細な説明の札が付いていた。

「『天豊媛命は元正天皇より賜わりし名にて』」

という記述の後に、

「『……また元の御名ハニヤス姫、『日本書紀』にあるイザナミノ命が迦具土《かぐつちの》命を生んで率した時その屎《くそ》から生まれた土の神。『古事記』には第八代孝元天皇の次妃河内青玉《かわちあおたまのむすめ》女との説あり。この河内青玉女は河内鋳物師と陶器《すえき》造りの間では特に崇敬される鋳型の神とされる』」

何かわかり辛い話だが、要するに天豊媛（埴安姫・河内青玉女）は鋳物や焼物に用いられる粘土の神。神納保理命は砂鉄採取神ということで、この二柱とも古代の先端技術者たちには大事な存在だったということだ。

「太安近氏の御先祖様が西からやって来る時、持ち込んだ神様なのだろう」

この祖神伝承ひとつ取ってみても、多氏や太氏が初めは異国《とつくに》の文字にだけ堪能《たんのう》な知識人の集団ではなかったことがわかる。

その実態は独特の技で金属の原料を発見・採集し、灼熱の炉を前に重い槌《つち》を振るう、荒々しい職人組織だったのだろう。

その中から偶然にも天皇家の側近となったひと握りの人々が、官僚として立身し、ついには『古事記』編纂のキーパーソンを輩出するに至ったのだ。

「変った一族だな」

向井は声に出してみた。

その声は錆々とした摂社の屋根を越え、神域の森を抜けていく。青葉の彼方には木更津の市街地と、工場群が広がっていた。鉄骨に囲まれた煙突のひとつから赤々と炎が吹き出ている。

（東京湾名物のガス燃焼だ。千葉の暴走族は、あの火を見て血を滾《たぎ》らせる、とテレビで言ってた）

思いのほか、神社は高台に位置している。昨日は夕闇迫る参道を車で来たため、このような場所にあるとは全く思わなかった。

千葉では周囲から浮き上った土地にある宗教施設には、必ずと言って良いほど、古代や中世の遺跡が附属している。

そう思って神域を改めて眺めまわしてみれば、参道の東側が小さく盛り上り、摂社の列は半円形に並んでいる。例の、天豊媛・神納保理、二神の祠だけが僅かに中央の奥まった位置にある。

「これは円形古墳かな。ずいぶん突き崩されているけど」

映像作家が構図を取るように、向井は両手の人差し指と親指で四角の枠を作り、一歩一歩苔の繁茂《はんも》する森の中に入っていった。

「やはり、この位置が遺構《いこう》の中心部だな。そっちには小さな周壕《しゅうごう》（堀）まで備わっていたみたいだが、こんなに破壊されてちゃあ」

ぶつぶつつぶやいていると、

「ずいぶんな壊され方でしょう」

宮司の大野が祠の陰から姿を現わした。神官の衣装である白衣袴姿ではなく、黒いジャケットに白ワイシャツを着、紙袋を下げている。

「石室もあり、周囲も小石で固めてあったようです。その名残りが、参道の石の中に交ってますよ。何、私たちが壊したのではありません。ここらあたりは中世、古河公方成氏《しげうじ》の命で上総に侵入した武田左馬助が、望陀郡真里谷《まりやつ》城を築いた際、出城をここに定めました。

この家は天正の末まで十以上の出城を地域に作りました。その配下の何者かが、この山の古墳を切り崩し、物見台でも作ったのでしょうな」

「そうでしたか」

「ところで向井さん」

「はあ」

「軽くドライブなどいかがでしょう」

「はい？」

唐突な言葉に、向井はとまどった。

「はぁ、しかし、午後に太先生と打ち合わせの予定が」

「昼食の時間までには、戻って来られますよ。隣町ですから」

「……それならば」

別に予定もない。散歩がてらこの低い丘陵地帯を見てまわろうと思っていたところだったから、神官大野の誘いに乗った。

彼の車は外見は何の変てつもない白のカローラだったが、運転席のまわりはサッカーグッズであふれていた。地元リーグのそれに交って、各地のマスコットボールが、ボンネットの上に並んでいる。

「神主の車とは思えんでしょう」

大野は車を発進させた。

「私は地元高校から大学の工学部に入りましたが、ずっとサッカーをやってました。膝を痛めて、大学三年の時に退部しましたが」

向井は飾られたボール型人形のひとつに目を止めた。チェッカリング紋様の間に、陸中釜石の文字がある。

「それですか。車に置くため接着してしまいましたが、元は起き上り小法師《こぼし》でした」

指で押すとひょこりと元に戻る。

「その重りというのが、小さな餅鉄《もちがね》でしてね」

「餅鉄と言うと、あの辺の川で採れるという」

「そうです。純度の高い鉄鉱石です。地元の古老は『ベンコテツ』などと称します。昔は河原を探せば簡単に採取できたそうですが、近頃はなかなか見つからない。古代蝦夷《えみし》の工人は、この餅鉄が鍛えると粘り強く加工し易い点に目をつけ、蕨手《わらびて》と称する独特な形状の刀を作って奈良の官兵と戦いました」

「縁起ものでもあるのですね」

大野はコンビナートに向うトラックの列を避けて、農道に車を入れた。しばらくして再び舗装道路に出ると、袖ケ浦市の表示板が見えた。

「今は別々の市ですが、ここは昔の君津《きみつ》郡です。古代には馬来田国と称しました。よく文献に出てくる上総国望陀郡の『まうだ』は、この馬来田《まくた》が訛ったものと書かれていますが、恐らく間違いです。蝦夷の言葉で『原野』を表わす『マクタ』からきたもの、と私は考えています」

自動車修理工場や金属加工場の資材置場を抜ければ、住宅地と休耕田の間に森が見えてきた。

「旧村社の飯富《おぶ》神社です。私はここに届け物があります。いや、神社同士の業務連絡に過ぎません。すぐに戻って来ますから車でお待ち下さい」

森の中にも石段がある。その前に車を進めた大野宮司は、紙袋を手に降りた。向井は助手席の窓を開ける。小鳥のさえずりが聞こえてきた。

（のどかだな）

ドアを開け、外に出てみる。向井はタバコを吸わぬから暇つぶしと言っても、道路際をぶらぶら歩きまわるしかない。

田の畔《あぜ》に生えた水草をぼんやり眺めていると、ポケベルが小さく震えた。番号を見れば今戸の管理人である。嫌な予感がした。またアパートで何かあったのだろうか。向井は取り合えず、公衆電話を探そうと思った。

携帯電話の普及率が伸びたといっても、この時代、ようやく日本人の数パーセントほどがその恩恵を受けていたに過ぎない。

周囲を見まわすと、産業道路の端っこに赤いものが見えた。コカコーラとタバコの看板だろう。

（雑貨屋かな）

タバコを売っていれば、公衆電話も置かれていると踏んで、向井は歩いていく。

赤電話を見つけた。しかし間の悪いことには、小銭の持ち合わせが無い。店の婆さんに千円札を出して十円玉と百円玉に両替を頼んだ。婆さんは黙って、硬貨をタバコケースの上に叩きつけた。

向井はかまわず、電話の前に十円玉を積みあげて、今戸にかけた。

「居なくなったんで心配したわよ。近所で大事故もあったし。アパートの鍵は付け変えときましたからね。それから……」

管理人のおばさんは、立て板に水で、こちらが返答する間も与えてくれない。

「……それから警察が被害届をもう一度文書で出してくださいと言ってましたよ」

十円玉がチャリン、チャリンと電話の中に消えていく。千葉は東京の隣県というのにこの速さは尋常ではない。

(電話会社め、稼ぎやがって)

腹が立ったが、一方的にしゃべり散らすおばさんの言葉を押し止めて、自分はしばらく仕事でアパートに戻れぬこと、警察にはそのように伝えるように、と口早に語って電話を切ろうとした。

「わかったわよ。……と、ちょい待って、忘れるところだった」

おばさんも口早に言い添えてくる。

「向井さんを尋ねて、若い人が来たわよ」

「誰だろう」

「私がわかるもんですか。でも、きちっとネクタイ締めて、髪を短くした、ちょっとたどたどしい日本語をしゃべる人。向井さんの古い知り合いとか言ってたけど」

「そうですか。誰だろうな」

「向井さんが出入りしている大学の留学生か何かじゃないの。少しトウが立ってたけど……それからね……」

おばさんはまだ何か伝えようと電話口の向うで声を張りあげていたが、そこで十円玉が絶え、通信不通音に切り変った。

(さてさて)

「知り合い」というが、その奴は何者だ。管理人に現在の居場所を教えなくて良かった、と思いながら車に戻った。

待つまでもなく大野宮司が石段を降りて来た。飯富神社の神紋が入った紙袋を掲げている。

「温室イチゴを土産に貰いました。一ノ瀬さんが喜ぶでしょう」

向井が袋を覗き込むと、小粒のミカンほどもある巨大なイチゴの実がパックの中に詰まっている。

「このオフ島の裏に、ビニールハウスがあるのです。宮司の奥さんがイチゴと菜の花を栽培してましてね」

「オフ島？」

「まあ、道々説明します」

四章　性器信仰

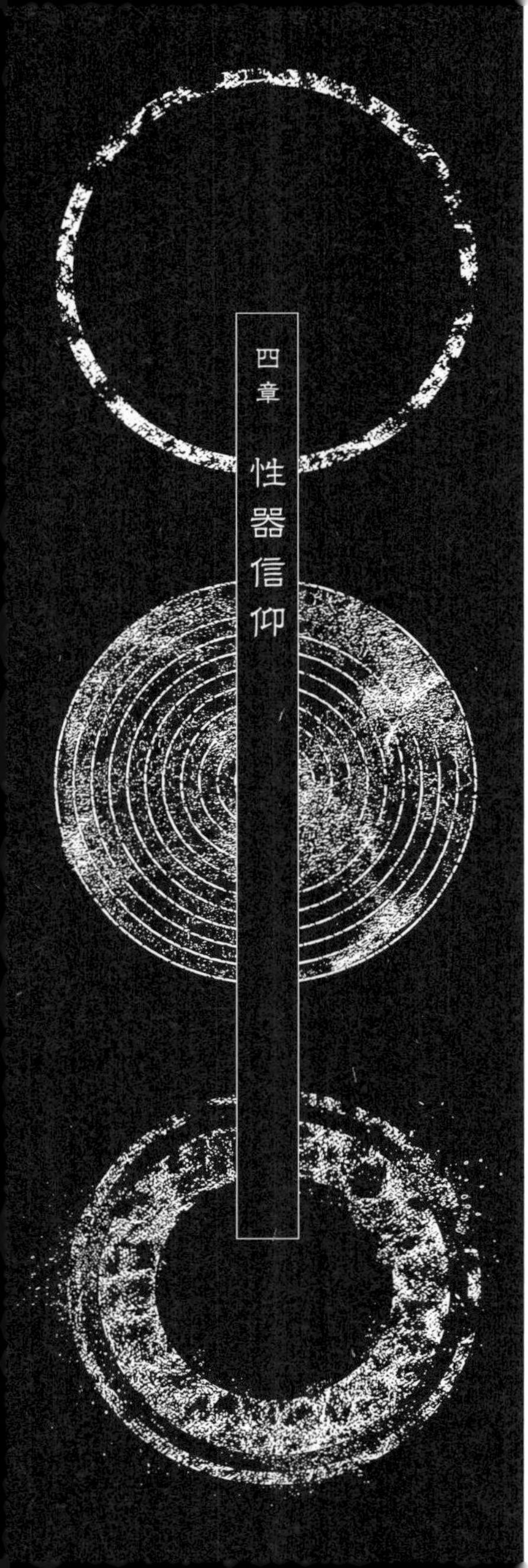

木更津への戻り道、大野宮司は前にも増して饒舌になった。話に夢中で、危うく信号無視をするほどだった。

「先程の飯富神社がある低い山は、オフジマと称し、東京湾に浮く島であったそうです。古くこのあたりまで海が深く入り込んでいたのですね。湿地にある島々の中でも、少し大きかったため大島《おふしま》と呼んだという伝説があり、いつの頃か「飽富《おぶ》」――「飯富」と表記されたそうです。そうそう、戦国時代の武将武田信玄二十四将の一人に飯富《おぶ》兵部《ひょうぶ》という人がいるでしょう。一説にその先祖はこのあたりから出た『オフ氏』といいます。飯富神社の宮司は否定してますけれどね。しかしオフ－オブこそ、多氏、太氏の「オオ」から来た、と私は考えています。恐らく養老二年、異国の姫を奉じ、船で上総国に渡った多氏は、この島に一族の呼称を付けて、一時期拠点としていたのでしょう。おもしろいことに、飯富神社の由来記には、天豊媛と太朝臣清麻呂が東国に移動したのも、天から下った星を求めてのこととされています」

「星？」

「ええ、今で言う隕石ですね」

大野宮司は、舌打ちした。向井に対してではない。幕張にある遊園地のステッカーを貼り散らした派手な車が、無謀な割り込みをかけてきたのだ。

「隕石探しに一族をあげて移住とは」

向井の胸に引っかかったのは、あの鶯谷の日暮里崖線と、死んだ友人塚口の笑顔だった。

「これも飯富神社の伝承ですが」

と前置した大野宮司は、まるでソロバン塾の教師が数字を読みあげるように、スラスラとその「由来記」を諳《そら》んじてみせた。

「時の元正天皇は、女帝にして先々代文武天皇の同母姉にまします。七一五年即位し、二年後、養老律令を選上。しかれどもこの帝、即位時の心労甚《はなは》だしく、加えて九州・東国に異民の反乱始まる。宮中に占《うら》を立てさせれば『先帝の御時、天に獣あり。その状《かたち》狸の如し。その声、榴々《りゅうりゅう》の様《さま》。西より東に走る。これ凶を防ぐによろし』との卦を得たり。そこで太朝臣を召して故事を調べせしむ。太朝臣、即日上奏して申すに『天より下る狸のごときもの。これ清小鉄《きよのこがね》（高品位の隕石）なり。ネリガネと成し身辺に置きたまえば、凶事たちどころに去ると申す』と。よって彼の一族選ばれて東に下り、清小鉄探索すと云々《うんぬん》」

向井は身を乗り出した。

「ネリガネというのは鉄鋌（インゴット）のことですね。で、太朝臣は、その清小鉄を見つけることが出来たのですか」

「見事見つけたようです」

大野宮司はうなずいた。

「『養老三年、帝の心労忽《たちま》ちにして癒《い》えたまえり』と、作者不詳の『元正帝紀』にも書かれています。おっと」

話に夢中になった大野宮司は、自宅へ通じる分岐点を通り過ぎてしまった。あわててハンドルを切り、参道の裏道《おんなみち》と思われる曲りくねった砂利道を上り始めた。

「あれっ」

「どうしました」

向井が尋ねると、宮司は前を指差した。茂みへ隠すように一台の黒い乗用車が停っている。

「ここは禁足地ですから、地元の人間なら駐車することはない。もちろん神社関係者もです」

大野宮司はその車の脇に愛車を付け、運転席を覗き込んだ。

「変な車だ。国産車のようだが左ハンドルです」

「逆輸入車って奴ですね。こんな車、よほどの外国かぶれか、ヘソ曲りのマニアか……」

向井はこれにも何か心底、強く引っかかるものがあった。

「宮司、社務所に行きましょう、早く」

大野宮司も彼の言葉に、急いで運転席へ戻った。途中から参道と平行する裏道の行き止りは、あの摂社が並ぶ神域だった。

焦げくさい臭いと白煙が満ちていた。男が二人、道場の裏手から走り出てくる。

彼らは、Tシャツにギミーキャップといったラフな格好をしていた。

（こいつら）

顔に覚えは無いが、直感で「城東地盤」に出入りしていた、あの「外国人集団」の片割れと察した。その中の一人が車の前に飛び出した。大野宮司が急ブレーキをかけようとした。

向井が咄嗟に助手席から足先を伸し、アクセルにかけた宮司の足を踏んだ。

車がガクン、と進みボンネットに突き当った男の身体が、宙に跳ね飛んだ。

もう一人の男はそれを見て立ち竦《すく》む。すると背後に影が立った。

阿礼だった。彼女の手にした棒が、男の背を打つ。男はジーパンのポケットから何か取り出そうとした。ナイフのようだ。阿礼は棒の先でその胸を突いた。

向井は車のドアを開いて、倒れた男二人を確かめた。大野宮司も車を降りると、

「消火栓、消火栓」

うわごとのようにつぶやきながら後先も見ずに、駆け出した。

「大丈夫かな」

煙の中に走り込む宮司を見て言う向井へ、阿礼は冷静に答えた。

「発見が早かったし、幼稚園は午前中でお終い。棒術の練習生が消火にまわっていますから、小火《ぼや》で済みそうです」

「大丈夫か、といったのはこいつらだ。いくら放火犯でも、殺しちゃっては大ごとになる」

倒れた男たちに触れる向井に阿礼は笑って、

「こ奴ら、あちこちの戦場を渡り歩いた軍人です。こんなの、ただ気絶してるだけでしょう」

「軍人」

向井は、またまた突拍子も無いワードを耳にして当惑する。が、もうそれほど驚くこともなかった。

「これが『敵』の正体か」

僅かに薄くなった白煙の間から、道着姿の練習生たちが出て来て、阿礼の指示を受けた。倒れている男たちを、縄で縛りあげたのである。向井は彼らへ、裏の砂利道に不審な車両が隠されていることを教えてやった。

縄で巻かれた男たちの身体を練習生は、土袋でも運ぶように荒々しく担いで行った。

「大丈夫かな」

向井は同じ言葉をもう一度口にした。

「殺しはしませんよ。皆、信心深い人たちですから。遠くに捨ててくるだけ。やさしいもんでしょう。それより」

阿礼は社務所の方を振り返った。

「煙を見て、消防がやって来ます。我々の存在が公けになるのは、何としても避けたいです」

「それが目的で放火した可能性もある」

向井たちが先程走っていた産業道路の方向から、けたたましいサイレンの音《ね》が聞こえてきた。

「急ぎましょう」

からりと棒を投げ捨てると、阿礼は本殿横に向った。向井も後に続く。そこには、軽のライトバンに、太氏の車椅子を積み込む男たちの姿があった。

太氏は傍らで彼らを、ぼんやり眺めている。向井は彼が細身のステッキに両手を添えて立つ姿を、初めて目にした。

（どうやら無事だな）

向井が近づいて行くと、太氏は頬笑んでみせた。

「今度はこの車で逃避行です。車椅子の昇降機が無いので、幸介君には以前にも増して御迷惑をおかけすることになりますが、よろしく」

と言った。大野宮司が気の毒そうに、

「あのハイエースはマークされているでしょう。こちらの車は幼稚園の備品運びに使っているのですが、天井が高いので普通車より使い勝手は良いはずです」

白い車体の側面には、赤い風船をくわえた黄色いキリンと、まくだようちえんの文字が入っている。

「さあ、消防署が来る前に早く」

大野宮司が、白衣の男たちを指揮して、太氏を後部座席へ座らせた。

「世話になりましたね。宮司」

「宗主《そうしゅ》にこの程度のお世話しか出来ぬ腑甲斐《ふがい》無さ。恥入るばかりです」

阿礼に車のキィを渡すと、太氏に深々と一礼し後部ドアを閉めた。向井もあわてて助手席に乗り込む。阿礼は例の調子で荒っぽく車を発進させた。

参道を下り、最初の交差点に出た時、消防車の車列とすれ違う。

そのまま素知らぬ顔で木更津の市街地へ向った。真っ直ぐ進めば駅前である。

「如何《いかが》しましょう、先生」

阿礼が尋ねた。太氏は指揮者がタクトでも振るように指先を宙に舞わせた。

「プランBで行きましょうか」

「了解です」

君津《きみつ》方向、即ち内房線沿いを南にハンドルが切られた。

(おいおい、これで良いのか)

向井は不安になった。南に下れば房総半島の先で行き止りになる。もし『敵』という奴に捕捉されたら、館山あたりで逃げ道を失うだろう。その事を口にすると、太氏はニッと笑った。

「当然、考えています」

この逃避行を、彼は楽しんでいるようだ。

国道一二七号線を富津中央、竹岡と下り、「富津金谷・東京湾フェリー」の看板を見て向井は、まさかと思ったが、そのまさかであった。阿礼が物慣れた調子で手続きを終え、車をフェリーに乗り入れた。

「浦賀に着いたらお昼にしましょう。火事騒ぎで、食べそびれてしまいましたからね」

太氏が残念そうに言う。

「売店で何か買って来ましょうか」

阿礼が運転席を離れた。

「私が戻って来るまで、ドア・窓ともに絶対開けないように。たとえ係員が来ても」

「わかったよ」

向井はドアのロックを確かめた。彼女が行ってしまうと、しばらく車内に重い空気が漂った。フェリーの振動だけが足元から伝わって来る。

「大野さんは博識な方でしたね」

向井が話題を振った。火事や正体不明の敵対者を目にした時の動揺が、未だ心の中に渦巻いている。

「宮司は、大学で冶金学《やきんがく》を修めた後、史学科の神道学科に入り直した変り種です。幸介君と話が合うところもあったでしょう。以前は少々衒学《げんがく》趣味というか、オカルトマニアの傾向も見受けられたのですが、近年は奉賛会員の数も増やし、地域での人望もなかなかです。

我々も『戦力』として大いに期待しているところです」

「『敵』と戦うための『戦力』ですか」

「左様」

太氏はそこで少し押し黙った。向井は窓の外に視線を泳がせる。工場か冷凍庫のような薄暗い鉄の箱に詰められている。前も後も車止めに停った乗用車の列だ。油染みた側面の壁に隙間はあるが、その位置が高く、海面は確認できまい。

（今日は天気も良いし、波もおだやかというのにな）

デッキに上れば、袋状に狭《せば》まった東京湾開口部が南に開き、そこから美しい水平線も望めるはずであった。

「この海の路は」

太氏は錆び錆びた声で言った。

まるで神官が祝詞でも奏上するような、あの重々しい物言いだ。ようやく来たぞ、と向井は思う。が、しかし、

「東国征伐を命じられたヤマトタケルノミコトが、三浦半島から房総半島に渡ろうとした折り……」

と、その口から発せられたのは、意外なものだ。

「海の神の機嫌を損じ、海上が荒れました。后のオトタチバナヒメ、これを危うく思い、『我、海に入り、海神を宥《なだ》めん』と、波の上に菅《すげ》の畳、皮の畳、絹の畳をそれぞれ八枚ずつ

敷いて、自らその上に座る。たちまちその身は海中に没し、波は静まったが、ヤマトタケルの嘆きはひと通りではなかった……。『古事記・人代篇《ひとよへん》』にありますね。即ち、今我々が通っているルートは、古代の最も重要な海の道でもあったのです」

太氏は、もぞもぞと動いた。後部席の座り心地が悪いのだろう。

「このルートも江戸末期になると、江戸湾に侵入しようとする外国船を阻止する、絶対防衛ラインになりました」

向井はうなずく。

「だからペリーもその防衛ラインの端に位置する浦賀に上陸したんですね。そして、今アメリカはラインの内側にあるヨコスカに巨大空母を置いている……」

「戦争には敗けたくないものです」

太氏はくっくと喉を鳴らした。苦笑にしては楽し気な笑い声だった。

「この相模と上総を結ぶ海上ルートも、あと少しで様変りします。袖ケ浦と川崎を結ぶ海底横断道路が、出来上るとか」

何度も書くが、この話の舞台は一九九四年（平成六年）の春である。東京湾アクアラインのトンネルはすでに完成していたが、ラインが完全開通するのは、この翌年だ。

「幸介君、我々の事情、つまり、その、私たちが現在どのような立場にあるのか。『敵』の正体、君の友人の死など諸々の物語を口で語るには、あまりにも膨大な情報を提示しなければなりません」

（ようやく語るか）

向井は身構えた。

「しかし、我々にはそういった時間も無く、また語彙《ごい》も不足しています。そこで」

向井が座っている助手席の背もたれに、太氏のステッキの先が、すっと伸びた。肩先にそれが当ると、太氏は少し躊躇したように言った。

「イメージを君の脳裏へ、一気に送り込みましょう。これなら、一ノ瀬君が売店から戻ってくるまでに、手早く説明できます」

「何ですか、それは」

「軽い催眠術だと思って下さい。いえ、別に危ないものではない。『我々の時代』では、よく使われていた技術です。さあ、杖先を摑んで」

向井はおずおずと、先に滑り止めの付いたステッキを握った。

突然、フェリーのエンジン音が、前にも増して大きく唸り始めた。

向井が驚いてステッキから手を離しそうになると、

「握っていなさい」

太氏が強い口調で命じた。

光がライトバンの車内一杯に広がり、その眩しさで眼底が痛く感じられた。

眼を閉じた。海が見えた。海岸の縁が大きく切り立ち、まるでフランス映画に出てくるノルマンディ海岸の切り立った崖のようだ。が、その色は白亜ではなく、赤茶けている。

（日暮里崖線だな）

なぜかわかった。縄文時代の温暖化で浸食された崖の下、葦の繁茂する水路のようなものがある。おそらく紀元後、さほど年月を経ていない頃の風景だろう。

片側十梃櫓《ろ》ほどの大きな木造船が、その水路に漕ぎ入って来た。やがて水草の間に灌木の固まりが現われた。乾燥した地面にケモノ道が続いている。湿地帯に突き出た島のような場所だ。

木造船がその脇を通過しようとした時、一筋の矢が、舳先《へさき》に立った。

驚く漕ぎ手たちは、船を後退させようとする。しかし、第二の矢が船内に立つ漕ぎ手の一人を射抜いた。小さな木箱を抱えた白衣の男が、何かを命じた。漕ぎ手は船底から木楯を取り出して頭上に掲げた。

しかし、襲って来る矢の数は、多かった。たちまち船内の者は皆殺しにされ、血が水路にまで流れ出た。

事が収まると、その水路の先、島の茂みから、粗い麻編みの短衣をまとった集団が現われた。彼らは船に乗り移り、まず犠牲者の身体を貫いた貴重な矢を引き抜いた。続いて血まみれの衣服を剝ぎ取り、死体を水中に放り込んだ。頭立つ者が船内を探り、ひとつの木箱を見つけ出す。これを頭上に掲げると、襲撃者たちは歓声をあげた。

水路に散乱する裸体の死骸には、蟹や小魚が群がり始めた。木箱を手にした男は船を降りかけ、そこで血溜りに足を取られた。

蓋が開き、箱から何かが転がり出た。それは暗緑色の石だった。あわてて男は、それを手にして、まじまじと眺め、落胆の溜め息を洩らすと船内に投げ捨てた。彼にとってその石は、そこらの河原にあるものと何ら変りがなかったからである。

襲撃者が去ると、代って小型の丸木船に乗ったさらに貧し気な格好の男女が、残された木造船に群がり寄った。

彼らは船に荒縄をかけると、水路の先にある少し広い湿地に牽《ひ》いて行く。石斧《せきふ》や棒で側面に穴を開けると、大型の木造船はずぶずぶと沈んでいった。

虐殺の証拠隠滅を果した丸木船の人々も、安堵の表情を浮べ、静かに現場を去って行った。

向井は、なぜか船の沈んだ場所が、あのＪＲ鶯谷駅に近い、言問通りの発掘現場だとわかった。

（嫌な夢だな）

向井の意識は僅かに醒《さ》めた部分がある。その覚醒を嘲笑うかのように、視界が暗転した。田舎道を数台の車輛が走って来る。沿道は舗装されておらず、車の巻き上げる土埃が通行人に容赦無く降りかかった。しかし、人々は諦めきった表情で行き過ぎる。その服装は男が戦闘帽に汚れたワイシャツ。ゲートルを巻いた者もいる。女性は裾短かな和服に下駄。子供に至っては皆裸足だ。

（これは終戦直後の風景だな）

向井は車がジープより少し大きな、二と二分の一トン、通称ジュース・ハーフと呼ばれる米軍用車であることを知っている。

やがてそのトラック群は、焼け跡と藁葺《わらぶ》き屋根の農家を抜けて、小さな神社の前で停車した。ばらばらと荷台から降りて来たのは、皆小ざっぱりした夏服をまとったアメリカ軍人だ。

車には黄色い楯に馬の印。第一騎兵師団のマークが描かれている。しかし彼らの左肩には、白地の丸に黒くGの文字入りワッペンが付いていた。

神社の境内に入った将校の一人が、マップケースからコンパスと地図を取り出して位置を確かめ、土足で神社の階《きざはし》を上った。

神主らしい老人があわてて止めようとすると、一人が腰の軍用拳銃を抜いた。彼らは集まって来た日本人も威嚇しつつ、祭壇を掻きまわし、飾られていた宝刀を鞘《さや》から引き抜いて、子供のようにはしゃぎ始めた。

当時、日本のあちこちで見られた、刀狩りに名を借りた略奪行為である。この後、朝鮮、中南米、ベトナム、イラン・イラクと各地で頻繁に行われていくアメリカ軍の悪癖、「記念品漁り《スーベニール・ハント》」だ。

しかし、地図を手にした将校の一人は、祭壇のお宝には目もくれず、板敷の床を踏み割り、外に出て、石の手水鉢を引っくり返した。やがて参道の幅を計り、祠のひとつに近づくと仲間を呼び集めた。トラックの備品である鉄梃《かなてこ》やスコップで、土台を掘り崩すと、緑《ろく》青《しょう》の吹いた金属の筒を取り出した。

祠は明治以前の神仏混交時代、経塚だったのだろう。

将校は大事そうにその経筒を腰のバッグに入れ、撤収の合図を送った。

部下のアメリカ兵たちは神社の祭具や几帳《きちょう》などを抱えてトラックに戻る。童顔の兵士が、この略奪に多少の後めたさを感じたのだろう。悄然と立ちすくむ神主の胸元に、数箱のラッキー・ストライクとヌガーバーを押し込んだ。

小型トラックの群が去った後には、掘り返された塚の土と、階に座り込む日本人たちの姿があるばかりだった。

向井は、一段と高くなったエンジン音で、再度覚醒した。

ライトバンの車体が、小刻みに震えている。船内放送が、久里浜への着岸が近いことを伝えている。

向井は、自分の肩先に突き出したステッキの先から手を離した。

「どうです。この映像だけで……」

太氏は、ふうと嘆息した。

「……賢明《けんめい》な幸介君には、すでに御理解のことでしょうが、多少の注釈はつけねばなりますまい」

ステッキを自分の足元に戻した太氏は、そこで少し口をつぐんだ。

フェリーの売店から戻って来る阿礼の姿を認めたからだろう。ビニール袋に入ったおにぎりとお茶を下げた彼女は、向井にドアのロックを外すよう合図する。

「梅とオカカしかありませんでした。お茶は、これ」

車に乗り込んだ彼女は、男二人に飲食物を配り、それから車内の妙な雰囲気を察して、

「センセイ、またあれを使いましたね」

詰問するように言った。

「時間はかけなかったよ。僅かに五分ほど念を集中しただけ」

太氏は弁解するが、阿礼は声のオクターブをあげた。

「こんな車内で『力』を使って、もし何かあったらどうします。ただでさえも先生は、体力が低下しているというのに。自重して下さい」

「はい、わかりました」

太氏は、いたずらを見つかった子供のように向井へ、小さく目くばせした。

エンジン音がさらに高まった。船体が向きを変え始める。係員も車の間を忙しく行き来し始めた。

「さあ、ヤマトタケルと逆のコースを進みましょうか」

太氏が叱られた事を誤魔化《ごまか》すように、声をはげました。

フェリーの後尾外壁が下り、車の群は順序良く埠頭に進んでいく。

三人が乗った軽のバンも、風船キリンのマークを誇らし気に見せながら、岸壁を走り出した。

「プランBでしたね」

阿礼は確認する。車は北に向って進んで行った。

『敵』はおそらく、何らかの方法で主要道路のオービスを覗き見して、我々を捕捉しようとするでしょう。千葉の時と同様、目立たぬ下道を使います」

横須賀から京浜急行の海沿いを走り、途中一度だけGSスタンドに入った。能見台近くの小さなスタンドだ。杉田に出、町なかで名物のシウマイ弁当を買って磯子の小さな公園で頰張った。三人ともおにぎり一個しか口にしていない。

「もう夕方だ。あと少しだが一ノ瀬君、大丈夫かね」

太氏が尋ねた。阿礼もこの間の気疲れと運転疲れが溜っているのか、箸を持つ手が時折止まるのである。

「俺が運転を代ろう」

それまで黙々と食べていた向井が提案した。視線をあげると磯子のコンビナートが少しずつ明りを増やしている。その青いライト群を目で数えながら向井は、道順さえ指示してくれれば、と言い足した。

「これでも中南米の発掘現場では、連日百キロ以上も資材運びしていたことだってある」

「一ノ瀬君、彼もこう言っている。御厚意にあまえなさい」

太氏も言い添えた。阿礼はしばらく押し黙っていたが、形の良い眉尻を下げた。

「では、私が助手席に。道は海沿いをとにかく北へお願いします」

「多摩川を目指せば良いんだね。だけどそれでは、一度逃れた東京へ再び戻ることになる。二日かけて東京湾を一周しただけとは」

不思議がる向井の肩を、太氏は小さく叩いた。

「心配御無用。ところで、今日は土曜日でしたね、一ノ瀬君」

「ええ、宵宮《よいみや》です」

「それは好都合。あちらさんに連絡は」

阿礼は即答した。

「フェリーの公衆電話で、すでに訪問を伝えておきました。信頼のおける人々を周辺に配置しておくとのことです」

彼女は食べ残しの折詰めを丁寧に包み直した。


横浜駅の東口を過ぎると、並走する車輛の数が増えた。土地柄とて皆なかなかにラフな走りをするから、向井も気が抜けない。

おまけに、彼が運転する軽には、カーナビなどという洒落たものは付いていなかった。ロードマップを手にした阿礼が、道を指示するのだが、その指示というのがまたあやふやで、何度も右折、左折を間違えた。

それでも京浜急行沿いの道に川崎市の表示板を発見し、ほっとした。多摩川を越えれば、向井にも少しは土地勘のようなものがある。

しかし、京急川崎駅前まで来た時、それまで後部席で眠っていた太氏が、むっくり起き上り、勝手に道案内し始めた。

「この線路沿いを東に。そう、大師河原と書いてある道です」

「こんな時刻に寺参りですか」

川崎大師に向う道だ。ここは後年、区画整理が進み、広々とした通りになったが、その頃は街灯も乏しく、片側は工場ばかりの寂しい道だった。

それでも大師駅前に近づくと参道商店街には煌々と明りが灯っていた。

「商店街ではなく、その先の病院前を左折して下さい」

太氏の方が阿礼の指示より的確だった。

「提灯が下っている空地に（車の）鼻先を入れて下さい」

石造りの鳥居があった。太氏は、またしても神社に逃げ込む算段らしい。

「ここは……。知ってますよ」

桜の木に囲まれた神社の碑を読んで、向井は驚く。

「金山《かなやま》神社じゃないですか」

「そうです。金山神社、若宮八幡、大師河原の酒合戦で知られたところ。あ、一ノ瀬君」

阿礼は皆まで言わせず、さらりと答えた。

「今宵は春の第一土曜日。宵宮ですから、当然明日が本祭になります」

「金山祭りというと、あれですね。巨大な……」と向井は言いかけて、阿礼の横顔に視線を投げ、あわてて口を閉ざした。

ここは本祭の日、「かなまらさま」と呼ばれる巨大な男性性器の造りものを神輿に乗せ、地域を巡行する。

近年ではテレビや雑誌でも大きく取りあげられているが、川崎市の観光課は頑ななまでに祭りの存在を無視し続けているという。

「世上、いろいろとおもしろおかしく取りあげられていますが、この神社の由来は古いものです。鎌倉以前からカナマラ様と呼ばれて地域鍛冶職人の信仰を集め、後に川崎大師門前町水商売の人々にもその信仰が伝わって、大いに誤解を受けるようになりました」

阿礼は、車の窓を開けると、鳥居の脇に並ぶ夜店のテントを指差し、説明し始めた。

祭りの露店といえば普通、焼ソバ、水風船だが、ここは少々変っていた。男性性器を象《かたど》ったカラフルな飴《あめ》が売られ、大人のオモチャの店もある。本殿に近いあたりには、なぜか大根ばかり並べられていた。

「あれは東北や中部地方にもよく見かけられる縁起物の大根削りです。男性器の形に削ります。愛知県の田縣《たがた》神社では、腰に着けて田楽舞いを行う、あれも歴《れっき》とした神事です」

楚々《そそ》とした阿礼の口から男性器云々の言葉が発せられるたびに、向井は柄にもなくどぎまぎする。しかし、彼女はそんな向井の反応を楽しむように続けた。

「こちらの御祭神は現在、金山比古《かなやまひこ》・金山比売《ひめ》ですが、古くは倭《やまと》鍛冶《かぬち》の祖天津麻羅《あまつまら》でした。『古事記』にも記載されていますが、なぜか『神』の称号が無い御方です。一部の研究家は、よほど異端視された異民族の産業英雄神ではないか、と考えています。神社として祀られることは珍らしく、この金山神社の他には、備後国比婆《ひば》郡の天照真良建雄《あまてらすまらたけお》神社、大阪深江稲荷神社、静岡丸子神社を数えるのみで……」

「わかった、わかった」

向井は、降参の体で手を振り、

「要は同じ鍛冶神ながら、多神社の天目一箇神とは微妙に異なる御祭神、と言いたいんだね。一ノ瀬さんは」

阿礼はうなずいた。

「ええ、天目一箇神の抽象的表現である性器信仰が分離し、その祭具であった性器そのものが安産・子孫繁栄・縁結びとして出現した神がアマツマラなのでしょう。私が言いたいのは」

向井も鈍《どん》な方ではないから、そのあたりの微妙な空気を読んだ。

「この神社は別系統だから諸事、木更津のようにはいかないというわけですか」

「そうです。甘えてはなりません。ここにはただ数日間、匿《かくま》っていただくだけと心得ていて下さい。……あ、関係者が来たみたい」

祭りの半纏をまとった人物が二人、車に近づいて来た。

「千葉から来たというのは、あなた方ですか」

二人ともスポーツマンタイプの壮漢である。一人が携帯ライトで、車内を無遠慮に照らして、向井に目を止めると急に猫撫で声になり、

「おや、良い男じゃない」

と言う。もう一人があわててライトを彼の手から奪い取った。

「失礼しました。当社宮司はただいま多忙でありまして、世話役からこれを預っております。当社にいる間は御着用下さい」

車の窓越しに渡されたものは、祭り半纏だ。裾に川崎○○睦、かなまら祭神輿会の文字がある。

「お気づかい感謝します」

阿礼が礼を言うと、壮漢は首を振った。

「裾に仕掛けがあります。紫外線ライトを当てると、神社の印が浮びあがります。こういうお祭りですからね。夜中に不心得者が紛れ込まぬ用心です」

半纏合わせという行事まであるという。

「こちらです」

社務所を兼ねたビルに案内された。一階は広い会議室のようになっていて、男女が宵宮の装束を着付けしている。その脇の階段を上れば、木造船の大きな模型や漁具の展示スペースになっていた。

「これは資料館らしいな」

向井は半ば専門家だから、それら展示品を興味深く見てまわった。初めは民具の展示スペースだけと思っていたが、奥に大きなガラスケースが置かれ、絵馬や性具、民間伝承の書籍などが壁面を埋めていた。

それまで黙って付いて来た太氏が、食い入るようにそれらを眺めまわした。

「すごいものです。これは戦後、浅草近辺で占領軍向けに作られていた焼き物です。こちらは宮武外骨の希少本だ。よくぞこれだけ」

「個人の寄贈品も多いのです。以前は公開していたのですが、いろいろと言う人がいましてね。現在は立入禁止になっています。狭いところですが、ここなら数日間、皆様をお匿いできるでしょう」

案内の壮漢が済まなそうに、別室へ目を向けた。かつては養殖で用いられた川崎の、海苔縄や木枠の置かれた部屋の隅に、畳が敷かれている。

寝袋と展示物の木枕が申し訳程度に並んでいた。

（こりゃあ、三人ザコ寝だな）

長居はするな、と言うことかと向井は理解した。大野宮司のところに比べて、何という扱いだろうとは思う。

「飲み物ぐらいは、あとで届けさせます」

そう言うと、案内の壮漢は、大きな身体を大儀そうに振りながら階段を降りていった。

「先生と向井さんは、こちらの部屋へ」

「どうするんです」

「私は女性ですよ。隣の部屋で眠ります」

寝袋を小脇に抱えると、阿礼は隣の展示スペースに向った。

(また、困ったことになったなあ)

一室で阿礼と過すのも気づまりだが、太氏と同じ部屋に暮すのも何である。そんな向井の思いも何のその、太氏は鍵の掛かっていない書籍ケースから柳田、折口、南方熊楠といった本を勝手に取り出しては、片っ端から読み始めた。

(こういう人を、極楽トンボと言うんだな)

向井も所在無さに、太氏を真似てみたが、こんな環境では本の内容が全く頭に入らない。

(さて、トイレはどこかな)

一応、目の届くところは確認しておこうと立ち上ると、ポケベルが小さく鳴った。番号はまた今戸の管理人宅である。

「太先生……ちょっと」

と声をかけたが、太氏は本に熱中しているのか返事もない。

向井は階段を降りて、社務所の出口に向った。御札を扱う出窓の横に、真新しいグリーン電話を発見した。よくしたもので「かなまら祭記念テレホンカード」と張紙がある。

その御札配り所で五十度数カードを一枚買って、今戸にかけた。

すぐに電話は通じたが、雑音が激しい。一度切って掛け直すも、今度は向うから切れた。

（電話の相性が悪いのか）

この時代の人々は、カード電話のトラブルに慣れている。西アジア系の非正規滞在者が、渋谷や上野で偽造カードを大量に売り捌き、社会問題化するのはこの頃のことだ。

「どうせたいした用事じゃないだろう。しかし、心配してくれるのは」

ありがたいことだ、と向井は苦笑した。埃臭い展示ケースの間に戻るのも辛気くさいから、しばし宵宮の雰囲気を楽しむことにした。

笛や太鼓の音が止むと、本殿のあたりから鼓《つづみ》に合わせて謡《うたい》の声が聞こえてくる。

（ほう、「小鍛冶」じゃないか）

鍛冶神の夜祭りらしく、縁起物の能を奉納しているのだ。これひとつとって見てもここが、由緒を重んじる神社であるとわかる。

舞台ではちょうど、刀匠宗近《むねちか》の前に、童子と化した稲荷神が出現する場面だった。しばし向井は石畳の下でそれを見物し、夜店に向った。

七五三の千歳飴《ちとせあめ》みたいなものを並べている屋台に、外国人の少年少女が群がっている。見れば皆、男性器を象っている例の飴を嘗めていた。

向井にいたずら心が湧いた。これを阿礼に渡したら、どういう表情をするだろうと思ったのだ。

（怒り出すかな。いや、礼もそこそこにバリバリと噛り出すかもしれない。なんだか、おもしろくない展開になる）

と、容易に想像できたが、

「兄さん、買ってきな」

と声をかけられ、ピンク色の太いやつが鼻先に突き出された。

「兄さん、宵宮から来るのは通《つう》だね。何かい、あんたアッチの方かい」

飴の粉を落とし、ビニール袋に入れながら店の爺さんが言う。アッチとは、ゲイかと聞いているのだろう。

「いや、俺は甘党なんだ」

と向井が答えると、爺さんはヘラヘラ笑って、

「そりゃあ結構なこった。近頃じゃあ、この飴くわえた写真を、仲間うちで送りっこする兄《あん》ちゃんが増えてよう。商売は繁盛だが、横ヤリ入れる奴も増えた。ここにいるのは、ヨコスカ・ヨコハマのヨーハイ（洋ハイ・アメリカンスクール）のガキどもだ。学校の目ェ盗んで、京急で来るんだ」

爺さんは説明した。

「去年だっけか、クリントンだかクリキントンだかいうのがアメリカの大統領になってよ。ソ連が無くなって、アメリカ万歳時代に入ったけど、厄介なシモの病いも、いまだに完治されないし……、ここだけの話だけどよ」

飴売りの爺さんは、声をひそめた。

「在日米軍では、組織うちの締めつけが厳しくなりそうだ。今のクリキントンが大こけし

たら、次は共和党だろう。そいつらがガタガタ言い出す前に、軍隊内《うち》の同性愛を弾き出しとこうってのが、司令部《うえのほう》の腹だ。見てみろよ」

爺さんは、参道脇の広場に顎をしゃくった。

「洋ハイのガキどもは無邪気にはしゃぐだけだが、男同士、女同士で手握って歩いてる基地の連中は内心、戦々兢々《せんせんきょうきょう》だぜ」

場所柄なのか、この爺さんはなかなかの事情通だった。

「みんな宵宮だから大人しいのかと思ったら、そういうことか」

向井は地べたに座り込んで大根削りを眺めている女性たちの集団を見やった。彼女らは皆、ヨコスカの女性作業兵（技術兵）らしい。ダンガリーシャツにジーパン姿。汚れ仕事を終え、そのままの格好で京急線に飛び乗って来たようだ。

「風が吹けば桶屋が何とやら。米軍の締めつけが始まると、俺たちの商売もあがったりよ。今までみてえに、たださわいでいるわけにゃいかねえや」

米軍と聞いて向井は、フェリーの中で見た進駐軍の幻覚が脳裏に蘇《よみがえ》るのを感じた。

彼が何か言おうとした時、誰かに背中を叩かれた。振り返ると、資料館にいるはずの阿礼が立っている。

「神社の幼稚園で、シャワー使わせて貰いました。ついでにそこのコンビニでお弁当も」

たしかに濡れ髪で、頬も僅かに上気している。

「この神社では寝床を勝手に使わせてもらうだけだから、食事も自前」

「太氏は」

「あの人は資料館の書籍読むのに夢中。放っといても大丈夫です」

先生というべきところを珍らしく「あのひと」などと言う。

「おんや、兄ちゃんの彼女《れこ》かい」

飴売りの爺さんが小指を立てた。向井が否定しようとしたが、阿礼はとろけるような笑いを見せて、彼の左腕を抱きかかえた。

「そう、彼いい男でしょ」

向井が彼女の思わぬ行動に赤面すると、爺さんは、首を照り降り人形のように上下させて、

「あんたこそ良い女だねえ。何かい、どっかのエロビデオで主役張ってなさるのかい」

誉《ほ》めているのである。このあたりの年寄りは、ＡＶ女優などという洒落た言い方はしない。

「そうよ、あたしたち、仕事仲間で、ソー思《し》ソー愛《あい》なの」

「何だ、兄ちゃんもエロ男優かい。そうは見えねえが、なあ」

向井の股間を無遠慮にじろじろ見て、

「男女は陰陽《いんよう》。デコとボコだ。まあ、気張んなせえよ」

「おじさんのところは、飴だけじゃなくてローソクも売ってるのね」

阿礼はテーブルに並んだカラフルな蠟燭《ろうそく》の一本を手に取った。これも祭り名物、男根ロ

ーソクだ。

「この一番ぶっといのを、ちょうだい」

わざと下卑た調子で言って、上下に振った。

「へい毎度。仕事に使うのかい」

「やだぁ、おじさん。こんなの入れたら壊れちゃうわよう」

金を払うと、その「ぶっといやつ」をコンビニの袋に押し込み、向井の腕をとると、手を振って店を離れた。

「ああいう演技も出来るんだね」

向井が感心すると、阿礼は肩をすくめて、

「向井幸介さん」

急に改まった口調になり、彼を社務所の入口まで引っ張って行った。

「もしかして、どこかに電話をかけませんでしたか」

小声で尋ねた。

「……うん、ポケベルが鳴ったからね」

相手はアパートの管理人と伝えると、阿礼はしばし考え込む風であったが、

「木更津でも、かけましたか」

「一度だけ。大野宮司と行った先で」

阿礼は、唇に人差し指を当て、ちっと舌打ちした。

「急いで太氏にこのことを」

階段を駆け上った。太氏は畳に足を投げ出し、本を写筆していたが、うれしそうに顔をあげた。

「一ノ瀬君、ここの性神信仰に関する書籍の充実振りは、驚愕に値するよ。道祖神・久那《くな》戸《ど》神資料。関白九条稙通《たねみち》の門人松永貞徳の『戴恩記《たいおんき》』研究の本まで揃っている。たとえば……」

「先生、それより大事なお話が」

阿礼は、向井がアパートへ二度も連絡をとったことを、せわしなく語った。

「ふうむ、それで解ったよ」

太氏は手にした万年筆のキャップを閉じた。

「我々の逃避行を敵が、なぜにこうも早く把握できたのか。木更津の神社まで接近することが出来たのか」

「そして、ここも早晩《そうばん》、発見されるということです」

阿礼がなじるような眼で向井を見た。

「ち、ちょっと待って下さい。俺はただ」

留守にしているアパートの様子を尋ねただけで、何処にいるのか、自分のいる場所も話してはいない。管理人のおばさんは信用のおける気の良い人と、向井は説明するが、しかし、阿礼は首を振った。

「その人がいくら良い人でも、電話にワイプ・ダビング付けられたら、どうしようもないでしょう」

「ワイプ……何だって」

「ワイプ・ダビング。高度な性能の盗聴器です。発信者の位置まで即座に把握できます」

阿礼のセリフに、向井は笑い出した。

「それじゃ、まるでスパイ映画だ」

「相手はスパイより始末が悪いかも知れませんよ」

太氏は、自分が座っている畳の端を指差した。向井に座れと命じている。彼がその通りにすると、

「昼にフェリーの中でやった『通信法』をまたやりましょう。あれで状況を伝えるのが一番手っ取り早い。まずお座り下さい」

それから太氏は右手の掌を広げ、向井の左掌をそこへ合わせるよう命じた。

(気味の悪いあれを、またやるのか)

向井は言われるままに目を閉じた。

五章　敵の正体

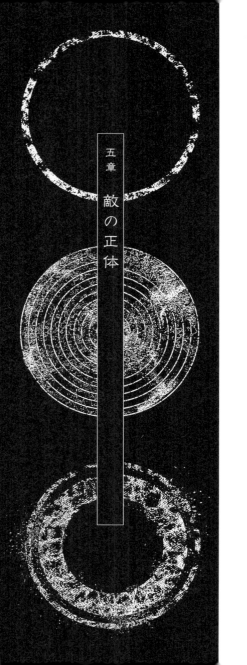

瞬間、不思議な画像が瞼の裏に流れ込んだ。フェリーの中で感じた脳内の刺激反応とは、微妙に異なっている。

意識の波の中に、ぼんやりと風景が現われる。

赤茶けた荒蕪地《こうぶち》に一台の車が走ってくる。異様なまでに古臭い車だ。T型フォードだろう。そこから三人の白人男性が降りて来た。全員、テンガロンハットに革の上着。まるでルーカス、スピルバーグ映画の登場人物だ。その三人が土造りの家へ入っていく。住民がいた。貧し気な衣装をまとった東洋人の男女である。三人の白人は腰のカバンから拳銃を取り出すと、即座に男女を射殺し、室内を物色し始めた。棚を引き倒し扉を蹴破って隣室に入る。その時、壁に民国〇〇年という中華暦が見てとれた。やがて一人が錆びた茶筒の中から石塊を見つけ出した。もう一人が車に戻り、オイル缶を運び出す。その油を室内の死体や家具にぶちまけて、マッチを擦《す》った。燃えあがる家屋を背に、T型フォードは走り去った。

場面は急転する。白い建物群が見え隠れする美しい風景が出現した。何処かの大学のキャンパスらしい。芝生のあちこちに若い男女が、思い思いの格好で寛《くつろ》ぎながら読書している。その芝生の奥に南欧風の建物があり、看板に「ＨＩＬＬ」と小さく書かれている。視点がその建物の中に移った。ドクロと二本の骨が交差した海賊旗のような旗を下げた広間がある。壁に大きくフレンド・シップの文字。その奥には室内プールのような水溜めが置かれ、中には泥があふれていた。若い白人男性が二人、その中で取っ組み合いを始める。いわゆるＭＦ（ドロレスリング）という奴だ。周囲に立つ若者らは紺の三ツボタンブレザーに縞のネクタイ姿で、泥がかかるのもかまわず、その珍妙な取っ組み合いを眺めている。やがて戦いを終え泥を落した二人は、ブレザー姿に着替えると、テーブルに立ち、聖書へ手を置いて宣誓し始めた。

場面は再び暗転。二人は白い軍服姿で大きな空母に乗り組んでいる。そのうちの一人、長身の若者は、パイロットの服をまとい紺色の航空機に乗り込むが、日ノ丸をつけた緑色の航空機にたちまち撃墜され、ゴムボートで海に浮んだ。

二人のうち小柄な若者の幻視画像は、幾分地味である。書類を抱えて室内から室内を移動するばかりだ。典型的な後方勤務者のそれである。彼が落着く先は、磨《す》りガラスに囲まれた狭い部屋だ。机の上には軍艦の写真が散乱している。中になぜかあのアインシュタインのポートレートも入っている。場面は暗転。焼け跡に点々と残る灰色のビル街だ。開襟シャツの男に混って、浮浪者の姿も目立つ。戦後の東京らしい。

あの小柄な男がカーキ色の夏服姿で古風なビルのひとつに入って行く。入口に「シュミット商会・修理部」なる看板が掛かっている。この建物には、カービン銃をこれ見よがしに担いだＭＰの歩哨が立っていた。

小柄な男は、プライベートと横文字の入った応接室の扉を開く。中にいたのは髪をオールバックにした顎の張った白人だ。カーキ色のシャツに白頭ワシの飾り付きループタイを締め、銜え煙草で全体にラフな雰囲気だが、その眼ばかりは殺気がみなぎっている。

小柄な男は、顎の張った男に何やら報告する風であったが、相手はさして耳を傾けず、煙草をふかし続け、顎先を応接室のドアに向けた。去れと命じているらしい。小柄な男は悄然とその場を去った。

舞台はめまぐるしく変り、また暗転。

小柄な男は何処かの山中に立っていた。岩場の間を七、八人のアメリカ兵と歩く。崖の間に身を寄せ、地図を広げ、茂みに分け入って行く。木々の間に切り開かれた場所があり、そこに半径六メートル程の小さな円墳《えんぷん》が見えた。

(蝦夷《えぞ》の墓域だ。するとこれは東北地方のどこかだな)

遺跡の知識がある向井は思う。小柄な男は、アメリカ兵たちを指揮して、円墳の端を切り崩し始めた。そこで再び向井は気づく。

(こいつら、隊列連ねて日本の神社を略奪していた記念品漁りの連中じゃないか)

フェリーの中で見た幻視に登場するアメリカ兵と同一人物が何人も交っている。

彼らの遺跡破壊は荒っぽいの一言に尽きた。円墳の端を掘ったかと思えば、中央部にスコップを入れていく。その子供っぽい「発掘法」に、向井は思わず、

(やめろ)

叫んだ。

視界が明るくなり、目の前に太氏と阿礼がいた。彼の、左右のこめかみに激痛が走った。

「痛《い》つつ」

「情報量が多過ぎたかな」

太氏は哀れむように向井の掌を撫でた。

「普通《なみ》の人間に、こうした術を使うことはまず無いのですがね。一ノ瀬君の話では、君も幻視を自得《じとく》しているという。妖精さんが危機を教えるそうですが、これは脳内の第六感が特定の形となって出現したもの。実例は他にもあります。レイ・トルストイは人生に迷いが生じると、寝室の床を耕す農夫の幻影を見たというし、『原爆の父』オッペンハイマーは政治的決断を迫られた時、必ず不倫相手の、人妻の生き霊を見たといいます」

「はあ、オッペンハイマーも……」

「そういう資質のある君ですから、ちょっと無理をして情報を圧縮したのですけどね」

「何かロシア映画の不条理劇を見ているようで、場面転換が多過ぎました。こういう感じで頭の中を掻きまわされるのは、もう御免です」

太氏は唇を曲げたが、目は笑っていない。向井の体調には、さほど同情していないのであろう。

「さあて、幸介君の記憶が薄れぬうちに、説明してさしあげましょう。全ては、三国史の時代。魏の景初元年、西暦二三七年に司馬懿《しばい》仲達《ちゅうたつ》が公孫氏を討つため、遼東へ侵入した時に始まります」

遼東の抵抗は激しかったが折りも折り、その居城遼陽城に隕石が落ち、衝撃を受けた公孫氏は敗走した。

「隕石で一国家が滅びるなど、御伽話のようですが、恐らく本当でしょう。実はこうした実例は世界各地で次々に見つかっています。インダス文明の古代都市モヘンジョダロは『ガラスになった町』と呼ばれ近年まで近づく者はいませんでした。砂や壺の破片等が、高熱で溶けて地表もガラス質になっていたからです。またヨルダン西部四千年前青銅器時代の都市トール・エル・ハマムは『天から降る硫黄と火』によって高熱に包まれたとの伝承があり、旧約聖書にある『ソドム』はここだろうとされています。モヘンジョダロ同様、自然界では想像できぬ高温の加熱遺跡です。核実験場でしか見られない地表のガラス化が散見されることから、古代史研究家T・ダベンポートは、古代に核戦争があったという説を唱えています。しかし、これは隕石衝突による高熱化と見るのが自然でしょう」

「ダベンポートはオカルト学者ですから論外として、そううまく古代の都市部にばかり隕石が命中するものでしょうか」

向井の疑問に、太氏は即座に答えた。

「地球には時代によって、集中的に隕石の落ちる場所があります。近年ではツングースカ爆発を始めとしてシベリアに落下する事例が多い。逆に、こう考えたらいかがでしょう。古代人は隕石の落ちる確率の高いところに都市を築いたのではないか、と」

「なぜそんな事をする必要があるのです？」

「高品位の金属を得るためですよ。マサチューセッツの古代地質研究所レポートによれば、紀元前の北半球には、現在のほぼ二十倍近い地球外物質の落下があったとされています。しかし時には古代人の想像もつかない巨大な隕石による大気圏爆発と熱変成を経験しなければならなかった。ある時、己れの愚かさに気づいた人々は都市を捨てて、再び散居制《さんきょせい》社会に戻っていきました。後に残されたのが、高熱による『神の怒り』の伝承です。さて、ここまでが前置きのお話」

太氏は畳の上で胡座《あぐら》に組んだ足を組み変えた。

「話を遼陽城に落ちた隕石に戻しましょう。魏の軍隊は、勝利のきっかけを作った隕石の一部を遼河の底から引き上げ、公孫氏の首とともに司馬懿仲達へ捧げました。諸葛亮も恐れた司馬懿はしかし、この隕石を洛陽の城南、大石山にある魏の明帝の高平陵《こうへいりょう》に収めて、しばし秘匿しました。軍師であり勘の鋭い司馬懿は、この石を傾国《けいこく》の厄石《やくせき》と呼び、遠ざけたのです。そして西暦二四七年、彼が魏の全権を掌握する二年前の事。倭の女王卑弥呼の使い難升米《なしめ》が、狗奴国《くなこく》との戦争に備えて同盟を求め来たった時。魏の軍旗一流とともに石を倭国に下げ渡しました。『東夷外伝』によれば、司馬懿は公孫氏滅亡のきっかけを作った名石であり、『これにて刀を鍛えれば、さぞや名刀にならん』と言ったとあります。要は文字通り厄介払いしたわけですが、使者は喜んでこれを持ち帰りました。しかし、この石が倭国に渡った年『卑弥呼死す』。新たに立てられた十三歳の少女台与《とよ》も、この石を凶々《まがまが》しく思い――おそらく重臣たちの入れ知恵でしょう――司馬懿に倣い、東国の毛人に贈りました。ここで、石の行方は不明となります。倭国の使節は毛人同士の争いに巻き込まれ、全滅したのです」

一気に語った太氏は、喘いだ。阿礼がすかさずコンビニの袋から緑茶の缶を取り出して勧める。一息ついた彼は話を続けた。

「時代は下って奈良時代。元正天皇の御代に我らの先祖太氏の長者は勅命を受けて東国に下りました。目的は邪馬台国に伝わり行方不明となった隕石の探索です。元正帝は魏より招来の石が、国家鎮護の役に立つと考え、太朝臣清麻呂に奈良へ持ち帰るよう命じたのです。どうやら四百年以上経つうちに妖石も誉れの名石という伝承に変っていったようです」

「邪馬台国の伝承が、その時代まで残っていたことにも驚きですが、なぜ太一族を探索役として指名したのでしょう」

向井は疑問を口にした。と、それまで黙って聞いていた阿礼が、我慢しきれぬといった風に口を挟んできた。

「大和《やまと》王朝は、先代の邪馬台王朝に実力で取って代った暗い過去があり、初期の天皇家は時折その祟りを恐れました。たとえば」

と前置きして彼女が語るのは、『古事記』にある崇神天皇六年の物語である。

「ハツクニシラス（崇神天皇の諡号《しごう》）の御代、神の気大いに振るい、オオミタカラ（人民）死すもの多し、天皇《おおきみ》、皇居にあった御祭神天照大神を外へお祀り申しあげ、神の気を宥《なだ》めたまいき」

神の気とは疫病の流行であった。その時、天皇の枕元に三輪《みわ》大神の大物主《おおものぬしの》神が立ち、「これ（神の気）は我が心である。我が子孫たるオオタタネコを探し出し、これを祭主となせば、疫病は収まらん」

と告げた。そこで天皇は八方手を尽し、河内国美怒《みぬ》の里で大田田根子を見つけ、大神神社神官としたところ、疫病はたちまち収った。

「オオタタネコとは『太・多氏』の田々根子《たたねこ》で、田々とは多の強調語、根子は尊称です。即ちこれこそ我らの御先祖様。大物主神は先代の王朝神ですから、その子孫たる多氏一族も俗に申すなる邪馬台国の血筋ということになります。三輪の大神は薬種・酒と並んで初期金属加工神でもありましたから、当然のこと、多（太）一族には特殊金属を嗅ぎ分ける能力がありました。この伝承が皇室に長く残り……」

太氏は、阿礼の顔面に掌を広げて、待ったという形を取った。今は自分の話を優先させせろ、というのだろう。

阿礼が黙り込むと、頰笑んだ。

「話題再開です。また物語りは飛びますが、これも我慢して下さい、幸介君」

「はい、我慢しますが、話はなるべく俺の頭で理解できる範囲にお願いします」

向井にも太氏は笑いかけた。

「私があなたへ見せたイメージの中に、アメリカのキャンパスがあったでしょう」

「あれはアメリカだったんですね」

「ええ、東部の名門校イエール大学。時は一九三〇年後半と思《おぼ》し召《め》せ」

太氏は謡うように言う。

「アメリカは歴史が浅い割りに、と言うか浅ければこそと言うか、宗教団体、秘密結社の類《たぐい》が多い。このイエール大学の中にも学生の友交団体を装った結社が幾つもあります。中で最も有名なものが『スカル・アンド・ボーン』です」

「聞いたことがあります。大学卒業後も構成員は政治・経済の場でつながり、アメリカの上層社会を独占している。秘密結社と言いながら、米国民の多くに知られている奇妙な組織です」

「左様」

太氏は目を細めて虚空を見つめた。

「ゼロ戦に撃墜され、海に浮ぶパイロットのイメージがあったでしょう？　彼こそ先の大統領ブッシュです。彼の子もスカル・アンド・ボーンの会員であり、いずれ父の跡を継いで、小者ながら大統領となるでしょう。父親に倣い、戦争経済でアメリカを回していく存在になります」

太氏は、視線を向井に戻した。

「スカル・アンド・ボーンは有名ですが、そこから派生した組織も二百近くあり、こちらはほとんど知られていません。一説には、イエール校内の学生寮で窓の無い建物は全て分派結社の拠点であるとされています。さあて、ここにハワード・ショウという人物がいます。身長五フィート九インチ（約百七十五センチ）、アメリカ人としては小柄ですが、幼い頃より東洋学者であった叔母ヘレン・ヘンリッジの影響を受けて日本に興味を持ち、長じては昭和初期に流行った酒井勝軍《かつとき》の『ピラミッド日本起源説』や『日本猶（ユダヤ）同祖論』の研究まで学ぶ。スカル・アンド・ボーンの中でも特に日本通で知られていました。戦争が始まると軍の情報部、戦後はＧＨＱ、Ｇ２の一員となり、石川県宝達山《ほうだつさん》三《み》ツ子《ご》塚の盗掘や伊豆七島でキャプテン・キッドの財宝探索も行っています」

「ハワードは、典型的なカルト論者じゃないですか」

　ＧＨＱと財宝探索の奇妙な話は、多く記録されている。

「神津島や新島で海賊の宝探しをしたり、四国石動《いするぎ》でユダヤの聖櫃《アーク》を、北陸の宝達山でモーゼの墓を探したＧＨＱの話は、終戦後のアメリカン・カルトとしていろいろな超自然雑誌にも載っていますね。ただ」

　この発掘の成果が全く無かったわけではない。石川県宝達志水町では、膝からくるぶしまで約九十センチもある巨人の骨を掘り出した。モーゼは見上げるような大男だったとされているから、この骨は即座にワシントンのスミソニアン博物館に輸送され、以後の消息は不明。ＧＨＱは地元民の、遺骨返還請求に応じなかったという。

「ハワード・ショウは、ただのオカルト崇拝者ではありません。スカル・アンド・ボーンのために、それなりの成果もあげていました。アメリカが戦前から行って来た超科学研究にも荷担していたのです」

太氏は指を三本立てた。

「その研究は三つありました。幸介君、わかりますか」

向井は馬鹿馬鹿しいと思いつつも、答えた。

「ひとつ『原子爆弾』、ふたつ『フィラデルフィア実験』、みっつ『人工地震』ですか」

「御明答」

フィラデルフィア実験は、物質を分子化して離れた土地に瞬間移動させるもの。また、人工地震は超音波震動により地質のズレを巨大化させる。前者はアインシュタインが途中で実験参加を拒否。米海軍は駆逐艦一隻が大被害を受けた。その異常な結果は後年、ハリウッドで映画化されている。

「地震兵器の基本発案者は、エジソンを恐れさせた天才科学者ニコラ・テスラ。彼は第二次大戦前、すでに今日のレーザー兵器や空間をゆがめる変圧器『ニコラ・コイル』を開発しています。中でも彼のコイルを応用した電気振動と物理的振動を共有させる『ニコラ・アースクェイク』は一九四三年、実験に成功しています」

ニコラのアースクェイク（地震）は、この時、必要以上に実験の効果をあげてしまった。マンハッタンに中規模な地震を引き起したのである。彼の研究所は一時ニューヨーク警察に包囲され、現在もその出動記録は残っている。

「その後、テスラは自宅で不審死しました。彼の研究資料を全てＦＢＩが押収し、現在も一部は公開されていません。アメリカはこの超兵器を対日戦に投入した疑いがあります。終戦の直前、一九四五年、日本ではたて続けに四つの巨大地震が発生しています。即ち、鳥取・東南海・三河・南海の各地震です。死者は千名を越えましたが、日本軍部が固く秘匿したため当初、アメリカは効果無しと判断しました。しかし昭和二十一年、彼の国は、日本側の記録を入手し、朝鮮戦争後改めて地震兵器の再開発を各方面に指示したのです。この時、ハワードの存在が、再び注目されました」

「スカル・アンド・ボーンの力ですか」

「彼は同組織の中でも、極端なカルト論者として軽視されていましたから、それは無いでしょう。では彼の何が米政府に再注目されたか」

向井の反応は、早かった。

「わかりました。戦前の、テスラとの関係ですね」

太氏は手を叩いた。

「ニコラ・テスラが考えた電気的振動と物理的振動の地震共鳴装置には、正確な同調測定機が必要でした。マイクロ波による測定は、安定した周波数を生みますが、その発生には極めて希少な鉱物、今で言うレアメタルが必要でした。テスラは初め、生まれ故郷のクロアチアで発掘されたカルロバツ隕石を用いましたが、数値が安定しない。悩むうち、ニューヨークの中華街にある骨董屋の店先で、偶然見つけたのがリャオリャンストーン（遼河隕石）の一片でした。しかし、それはごく小さな指輪の石にしか過ぎません」

公孫氏滅亡のきっかけを作り、その後世界中に分散した隕石の破片は、今世紀に入り、再び注目をあびたのだ。

テスラは伝手を頼って、日本通のハワード・ショウに接触し、その入手を依頼した。

当時、「日本植民地」満州国の遼河地域に潜入したハワードと二人の仲間は、隕石の欠片を隠し持つ現地人夫婦を殺害。見事、地震兵器の完成に一役かったのである。

「これが日米開戦の半年前のことでした。以来、約五十年。現在は、ソ連の崩壊によってアメリカ一強時代ですが、昨年北朝鮮が最初の準長距離弾道ミサイルを発射。世界は新たな核の危機を迎えることになります」

そして、アメリカは再びアジアに地震兵器を配置しようと企んだ。

「日本名では少々長くなりますが」

と前置きして、太氏は目を閉じ、諳んじた。

「……高周波活性オーロラ調査プログラムＡと言います。通称はハープ（ＨＡＡＲＰ）」

阿礼が脇から言葉を添えた。

「ロシアの一九九二年度版軍事研究誌では、アラスカにあるＨＡＡＲＰは、強力なビームを生成する地球物理学兵器である。あるいは、地球の電離層を上昇させ、自然環境も破壊する気象兵器でもある、と書き立てています」

「地震と天候悪化か。夢の万能兵器だ」

向井は喉の渇きを癒すべく、あたりを見まわした。またしても阿礼がコンビニの袋から魔法のようにコーラの缶を出し、目の前に置いた。

「しかし、ハープとやらを完全作動させるには、テスラさえ悩んだ『石』の入手がまた、課題となりますね」

向井はコーラを一口含んで目を剝いた。缶の表を見ると、インカ・コーラと書いてある。南米の名物コーラだ。川崎のコンビニにはこんな珍らしい清涼飲料も置いているらしい。

「で、半世紀前の隕石ハンターを、アメリカはまたしても引っ張り出して来たと……」

向井はインカ・コーラをあおった。実は南米の発掘現場では、毎日のようにこれを飲んでいた。生水が危なかったからだ。

「ハワード・ショウは、上司の情報局長キャノンが帰国後、交通事故死しました。おそらく米当局の口封じでしょう。今は息子のジェイムス・ショウなる人物が組織を率いています。これも、スカル・アンド・ボーンの末端に連なっています」

向井は大きく息を吸い、吐き出した。

「にわかには信じがたい話ですが」

と言った。阿礼がすかさず、

「でも、これまでのトラブルが全てとまでいかなくても、多くを裏づけているでしょう」

押さえつけるように言った。が、向井はそれに返答せず、

「ジェイムス・ショウ。その野郎が」

つぶやく。彼の首筋が微かに赤くうっ血し始めたのを見て、阿礼は口をつぐんだ。

「……俺の無二の親友を」

殺した、というワードは流石に出さなかった。

「塚口君は、間が悪かったのですよ」

太氏は向井の怒りを押さえた。

「彼の所属する調査会社、城東地盤こそ、上部団体がジェイムス・ショウの組織とつながっていたのですから」

（ここから先の太氏の説明は、例によってかなり飛び飛びで複雑だった。が、要約すれば、その当時の調査員にしては珍らしくパソコンが操れて、しかも古代金属の知識が並外れて豊富な塚口が、自社と組織の暗躍を察知してしまった、ということらしい）

「塚口君は私のもとに情報を持ち込みました。しかし素人の彼は、軽々《けいけい》に動き過ぎたのですよ。結果として自分の命を失い、我々太氏一族の存在までジェイムスの一団に知られてしまった。さらには、友人幸介君までも、口封じの一環として、トラックの下敷になりかけて」

「ジェイムス・ショウ。その野郎が」

向井は最前と同じ言葉を吐いた。太氏の話も最後の方は全く聞いていなかった様子である。

「『敵』の正体がわかった以上、許しておくわけにはいかない」

向井の声は驚くほど暗かった。

太氏と阿礼が思わず顔を見合わせたほど、彼の声には殺気が満ちていた。

「許さぬ、とはどういう意味です？」

太氏がわざとらしく尋ねた。

「わかりきったことです。彼らに復讐する。奴らが非合法な手を用いて石の入手を企むなら、これをエサに迎え撃つ」

「ここにいる三人で？　まあ、一ノ瀬君はスーパー・ウーマンだが、御覧の通り私は下肢が不自由で、幸介君も言っては何ですが、酒精で体力の低下した三十路の男ですよ」

「先生には手駒がお有りのはずだ。木更津の多神社みたいな強い一族の力が」

「それを頼りますか」

太氏は苦笑した。

「たしかにああした太氏系神社の奉賛会は、力になってくれるでしょう。しかし、それでも軽々しく動いてはならぬのです。敵には在日米軍人の中に味方がいます。軍の要望で働いているのですからね。他にも」

全米ライフル協会、アメリカ共和党の右派、日本の地方政治家、親米派の右翼団体、大手出版社の名をあげた。

「ショウの一族は、スカル・アンド・ボーンの力を背景として戦後五十年に亘り、それなりの影響力を日本国内に植えつけているのです。無敵のカルト団体だ」

「では、このまま先生は逃げ続けるのですか」

向井は怒りを鎮めようと、手にした缶の中味を、最後の一滴まで飲み干した。甘ったるい後味が炭酸の力で喉一杯に広がった。

「心配御無用」

太氏はなだめるように言った。

「お約束しましょう。時と場所を得れば、私も必ず反撃します」

「必ず、ですね」

「当然です。こちらはすでに大きな被害を受けています。私は東中野の屋敷もろとも、心血注いで集めた歴史資料を失った。許せるものですか」

言い終えると、しばし黙り込んだ。急に静まり返った資料館の外から、御神楽の音《ね》が流れてくる。今宵、最後の一節《ひとふし》だろうか。

阿礼がコンビニ弁当と一緒に、タオルと歯ブラシの入った「お泊りセット」を二人に配った。

「明日は本祭ですからね。早朝から騒がしくなるでしょう。お弁当をとったら、早く寝ましょう」

それから三人は黙々と箸を使った。埃臭い部屋の隅に思い思いの格好で横になった。

深夜、向井は浅い眠りから目醒めた。太氏の低い鼾《いびき》が聞こえてきた。

(浮世離れした学者先生でも、いびきだけは人並だな)

祭り半纏を羽織った向井は、手さぐりで部屋のドアを開けた。外へ出る時、階段の非常灯が室内を照らし出す。

畳の向うに阿礼の姿がなかった。

（トイレかな）

向井も一階の便所に入った。が、誰もそこにはいない。外に出てみた。宵宮の行事も全て終ったらしく、御神楽の音も絶えている。境内の片隅に張られたテントがオレンジ色に輝いているが、これは祭りの寝ずの番が一杯やっているのだろう。

絵馬の掛かった稲荷社の傍らを過ぎようとした時、突然闇の中から何者かが飛び出して来た。

向井が声をあげようとすると、口を押さえられた。柔らかい指先が唇に当った。

「私です」

阿礼だった。

神社脇の看板置き場に引きずり込まれた。女性ながらたいへんな力だ。

「どうしました」

どぎまぎしながら向井は小声で尋ねた。何やら期待せぬ訳でもなかったが、阿礼の言葉は殺気を帯びたものだった。

「今なら奴らの隙を突けます」

「やはり敵が来ましたか」

向井はすぐに理解したが、半ば緊張、半ば落胆した。この生真面目一辺倒の女史に、何事かを一瞬でも期待した自分が馬鹿だと思った。

「今、社務所の裏に二人、忍び寄っています。祭り半纏を着ていますが、紫外線ライトに」

神紋の反応が無いという。しかし阿礼の指差す方を見ても、ただ暗がりが広がるばかりだ。

「気配なんか感じられない」

「あなたも棒の心得がありましたね」

阿礼は足元にある竹の棒を拾い、彼に押しつけた。

「私が追い出しますから、叩き伏せて」

散歩でもする調子で、参道の石畳を踏み越えていった。

向井は仕方無く、テントの突《つ》っかい棒らしいその竹棒を握りしめた。

暗闇の中で、低い罵声と肉を打つ音が轟く。一息置いて、若い男が一人飛び出して来た。

彼を見て立ちすくむが、向井はためらうこと無く男の腹を打ち、倒れたところを上から叩いた。

阿礼がゆっくりと戻って来て、倒れた男の身体を蹴りつける。

「殺しちゃったかな」

と向井が言うと、阿礼は無慈悲にその胴を再度蹴った。

「気絶してるだけですよ。向うにも一人倒れてます」

他人が倒したように言う。と、その時、彼女の衣服から妙な臭いがすることに向井は気付いた。

「あちらで焚火でもしていましたか」

「火の気はなかったような」

少し考えて、向井は走り出した。暗がりで何かに蹴つまずきそうになるが、これは阿礼が倒したもう一人の奴だろう。

(硝煙の臭いだ。間違いない)

臭いを頼りに看板や材木の重なった建物の間を、手さぐりで進んだ。

刺激臭が強くなり、小さな光が見えた。

「何でしょう」

「逃げなさい、と言っても手遅れだな」

向井は阿礼に手伝うよう命じた。

「合図したらその電線みたいなものを引っ張って」

向井は手さぐりで足元のワイヤーを、阿礼に手渡した。

「ゆっくりと。よし、引いて」

向井の手元で光が一瞬大きくなり、消えた。

「何です、これは」

「導火線だよ。先にペンタエリスリトール硝酸が付いてる」

向井は焦げたワイヤーをつまんだ。

「爆発物を仕掛けるなんて」

「これだ。たいした量じゃないが、威《おど》し以上の効果がある」

向井は、何かを摑み出して外に出た。油紙に包まれた英和辞典ほどの固まりだった。

「本体はアンモ（硝酸アンモニウム）。肥料爆薬の固まりらしい」

「導火線って、もっと大きく燃えると思っていました」

阿礼は気味悪そうに、向井の手元を見つめた。

「映画なんかでやってるあれは、多分に演出だよ。しかし、これとて馬鹿にしたもんじゃない。水中でも酸素を出して燃え続けるから」

ワイヤーを引き抜かず、下手に消そうとしたら危なかった。

「何でこんなことを知ってるんです。向井さんは元過激派？」

「かもね」

苦笑いした向井はわざと爆薬の固まりを阿礼に押しつけたが、彼女は少女のように恐れて受け取らなかった。

「もう完全に無力化してますよ」

向井はおもしろがった。彼がこうした知識を得たきっかけも、海外の発掘経験からだ。中南米や中国の奥地では、遺構面に被害の出ぬ範囲で、試掘に爆薬を用いることがある。攪乱《かくらん》（土層の抉《えぐ》れ）を誘発する完全な違法行為だが、トレジャーハンター紛いの地元学者は工期短縮を口実に、平然とこれを行う。

(俺も塚口も、あれで何度か地元の奴と大喧嘩したもんだ)

「先生に報告しましょう」

「その前に、倒したこいつらはどうします」

阿礼は倒れている男の一人に歩み寄った。

「車でどこか遠くに捨てて来ましょうか」

「いや、地元の警察に引き取ってもらおうよ」

向井はちょっとしたイタズラを思いついた。

「こいつらの服を全部脱がせるんだ」

「えっ」

半纏、シャツ、トゥラウザースも手早く剝いだ。

「一ノ瀬さん、そいつのパンツも剝がしちゃって」

阿礼は躊躇した。しかし、言われるままに気絶している「敵」を全裸にした。

「次にこの余ったワイヤーでぐるぐるに縛って」

向井は縛りあげた裸の男たちを、テントの裏に引きずっていく。その間、阿礼は彼らの衣服をゴミ箱に捨てた。

「朝になったら大騒ぎになるでしょうね」

「すぐに警察が出てくる。仲間が助け出す隙も無いだろうな」

この神社の祭りは奇祭とされているため、時に不埒者《ふらちもの》が乱入する。ピンク色の男性器神輿に興奮した男が、裸でその神輿に飛び乗ろうとして騒ぎになったこともあるという。

「公序良俗違反、猥せつ物チン列罪だ。爆発物違反より軽いもんだ」

「なんだか可哀相になってきました」

それから向井たちは急いで資料館に戻ると太氏を起した。事情を説明し、爆発物の包みを披露した。

「奴らも少し焦り始めたようですね」

物珍らし気に太氏は、包みを人差し指で突ついた。

「この程度では、資料館の下半分を吹き飛ばすくらいの威力ですが、仕掛け方次第では先生も危ないところでした」

「我々がここから出て、遼河隕石の隠し場所に向うよう促《うなが》して、いや威しているのですね」

太氏に自分のこめかみに指を当てて、何かしきりに考える風であったが、

「今夜はもう敵は襲って来ますまい。しかし、爆発が起きなかったことで奴らは警戒態勢に入っている。動き始めるのは本祭の終りかけた頃と見るべきです」

「なぜそう断言できますか」

「祭りの神輿行列が始まると、立錐《りっすい》の余地もない大混雑だそうな。車輛はおろか車椅子でさえも境内を移動できません。午後初めまで我々は身動きがとれない、と敵は見るでしょう」

向井は腕組みした。ラッシュアワー並の混雑で、目撃者も多いとなれば、敵とて簡単に動けない。

「その考えの隙を突いて脱出します」

「物理的に不可能ですよ」

向井は、自分が人ゴミの中で太氏を背負い、前後左右から押しつぶされる姿を想像した。

「勝算はあります。あれを使います」

資料館の端を見た。リヤカーより少し小振りな山車《だし》のようなものがある。三角錐のキャンバス・カバーが掛かっている。

それから向井は、二人に仮眠をとらせ、一人寝ずの番を決め込んだ。太氏は体力が無いし、阿礼には脱出後の遠距離運転が控えている。

(睡眠は車内でとればいいさ)

部屋の入口で胡座をかいた。


空が白み始める頃、本祭の参加者で神域は喧騒の中にあった。

露店のテントも前日の、倍の数に増えている。一般の参詣客は神社の外から川崎大師駅の近くまで、行列を作り、今や遅しと入場を待つ。

向井と阿礼は用心深く社務所の前に出て、人の流れを計った。

「さっき関係者に聞いたところでは、本祭の御火取り行事は、午前十時だそうです」

「無理だね」

早朝でこの人出だ。昼近くになれば参道は行き来も出来なくなるだろう。

「先生の作戦は完璧です。それには幾人か協力者が――あ、いました」

阿礼は摂社の稲荷社前で作業をしている、川崎○○睦の男たちに近づいて行った。

中の一人は昨夜、向井を「良い男」と言い、猫撫で声を出したマッチョな男だった。

阿礼が彼らに「作戦」を説明している間、向井はぼんやりと本殿左側の小さなテントを眺めた。

後年ここは、鋼鉄製吹き抜け、内部に炉を持つ特異な社殿となったが、この頃は未だ祭りの御火取り祭とフイゴ吹きも、露天で行われている。

「これより巫女舞いが始まります。順序良くお進み下さい」

という放送があり、入場制限が解除された参道は、たちまち人で溢れた。

その時だ。境内の一角から悲鳴と笑い声があがった。

一糸まとわぬ男が二人、テントの間から這い出して来る。向井らに気絶させられた爆弾男たちが、ようやく目を醒したのだろう。その姿は上半身をワイヤーで締めつけ、まるでSMショーの緊縛奴隷のそれである。祭り半纏姿の人々が、すわ不埒者の出現と色めき立ち、一斉に駆けつけた。警察官もやって来て、裸の男たちを取り押さえた。鳥居の下にいたコスプレ姿の一団が、何を勘違いしたのかその警官たちにブーイングを浴びせ、罵声をあげた。

この時である。

社務所の入口、御札配り所の前で、歓声があがった。今度は何だと向井が振り返ると、

「良い麻羅《まら》、でっかいマラ」

という声が聞こえてくる。この掛け声は、祭りのお決りのものだ。見れば石畳を、小さな山車が進んで来る。赤白に縒《よ》った引き縄を牽くのは逞《たくま》しい男たちだ。その先頭に阿礼がいる。

彼女は胸に晒しを巻き、素肌に半纏をまとっていた。

「良い麻羅、でっかいマラ」

山車には斜め四十五度に、ニス塗りの男根（天津麻羅神）が屹立していた。その付け根は布カバーで覆われている。

（あそこに太氏を隠しているのだな）

と向井も気付いた。

彼がニヤニヤ笑って見ていると、前夜言葉を交した飴売りの老人が近づいて来た。

「どうでえ、あんなキレッキレな美人がマラ車引っ張って行くなんて、豪気な祭りじゃねえか」

「はぁ」

「空気の抜けた返事するんじゃねえよ。そんな覇気の無さじゃあ、あのマッチョどもに取られっちまうぞ」

「あの人たちの趣味じゃないでしょう」

向井は大笑いし、何かがふっ切れたように山車の前へ走り出た。

阿礼の持つ引き縄の端を握り、自分も良い麻羅、でっかいマラと叫ぶ。

「お静まり下さい、お静まり下さい」

境内放送が制止しても山車は止まらず、そのまま鳥居を潜り、道路に出た。しばらく見物人の前を行き来した後、海側に向きを変えた。

前方に空地があり、向井たちが乗って来た車が停めてある。

阿礼はすばやく早くメーターに料金を入れた。向井は牽き手の男たちと山車の下から、太氏の身体を引き出して車の後部座席に押し込める。

「ねえ、良い男」

あのマッチョな男が、向井の肩に手を置いた。

「また会えるかしら」

「来年のお祭に、また来ますよ」

と向井は答えたが、本当に来年まで俺の命はあるのか、と思った。

「世話になりました」

頭を下げて向井が車に乗り込むと、山車はまた、派手な掛け声をあげながら、神社へ戻っていった。

阿礼が車を発進させた。すぐに警察のピケットライン（車輛阻止線）に引っかかったが、

彼女が、これ見よがしに半纏を見せて、

「神社の買い出しです」

と言うと、警察官は晒し巻きした阿礼の胸元を眩しそうに見つめながら、

「駅前の右折は禁止ですから」

遠回りの道を指示した。阿礼が車を出した時、交差点正面の駐車場から黒塗りの４ＷＤが飛び出して来る。

阿礼はその鼻先をかわして、左折した。鋭くホイッスルが鳴り、警官たちが４ＷＤのまわりに群がり寄った。

太氏がリアウインドウ越しにその光景を眺めながら、小さく笑う。

「敵はやはり、我々を監視していましたね。しかし、日本のポリスを嘗めきっていた……」

「これでしばらくは、時間を稼げます」

阿礼がそう答え、工場地帯の裏道に車を走らせる。

向井は座席の下に隠した硝酸アンモニウムのことばかり考えていた。

(この危ないものを処分しなくては)

もとは肥料だから、そこらの河川敷にでもバラ撒いてしまおうか、いや環境汚染の問題が、などと考えているうちに、車は早くも川崎の中心部に入ってしまった。

「一ノ瀬君、プランＣで行きましょう」

京急川崎駅奥のアーケード近くで信号待ちしていると、突然太氏が言い出した。また状況を楽しみ始めたらしい。

「了解です。では一度、都内に戻ります」

阿礼は座席下の紙袋から黒のサマーセーターを取り出した。いつまでも胸に晒し巻きでは目立つ、と思ったのだろう。

「また車を替えなくてはなりませんね」

「ええ、いつものところへお願いします」

脇で二人の会話を聞いていた向井は、やれやれと思う。

また何処かの神社施設か、たまにはシティホテルのベッドで大の字になって眠りたいものだ、と腹の中でつぶやく。

と、助手席の窓をこつこつと叩く者があった。

髪を短く切り揃え、白いだぶだぶの服を着た若い男だ。

向井が不用意に窓を開けようとすると、

「だめ、閉めたまま」

阿礼が鋭く命じる。向井はその通りにした。男は手にした紙を窓の隙間から差し入れ、急ぎ足で去って行った。

何だろうと紙面を見ると、秋葉原にあるパソコンショップの広告だった。

「あれは」

阿礼はある宗教団体の名を口にした。その組織が各地で住民とトラブルを引き起こしていることは向井も、ニュースで聞いている。

（パソコンショップか。他にも弁当屋とか、ヨーガ教室とか手広くやってるらしい）

駅のコンコースにつながる歩道に、男は戻って行く。そこには同じ白服をまとった男女が、輪になり踊っていた。

中には象の頭を象った帽子を被って、タンバリンを打ち鳴らす子供も交っている。

「医療や先端技術に携わる人々を、積極的に勧誘しているそうですね。科学と宗教の結合を目指しているなどと」

太氏は踊りまわる人々を、飽かずに眺め続けた。

「チベッタン・ブッディズムにヨーガ。アメリカ軍やフリーメーソンを仮想敵にして超能力を獲得し、世界の終えんに備えるなんて、オカルティズムのパッチワークもいいところです」

信号が青に変ると、阿礼はまた、荒っぽく車を発進させた。

「……五年前、宗教法人格を彼らに与えた官庁の大いなる失策です。これはいずれ大ごとに発展します」

阿礼の怒りが、向井にはおかしかった。

（科学と宗教の兼ね合いを言うなら、あんたたちだって実はそうじゃないのか）

しかし、そう思うだけで彼は口に出さない。冷静沈着なはずの阿礼が時に激高し、祭りの熱気に弾ける姿を目のあたりにしたからだ。

(下手に茶々《ちゃちゃ》入れて、殴られたらたまらない)

向井は、初め近寄りがたかったこの娘に、淡い好意を抱き始めている。阿礼が荒っぽくハンドルを切る時、大きく割れたセーターの胸元が見えた。

(彼女はあの晒しを、いつブラジャーに取り替えるのかな)

ぼんやりとそう考え、あわてて背後を振り返った。太氏にそんな思いを悟られてはたまらない。

しかし当のセンセイは、後部座席に置かれた車椅子へ肘を置き、優雅に居眠りを始めていた。

六章　信州アナシ山

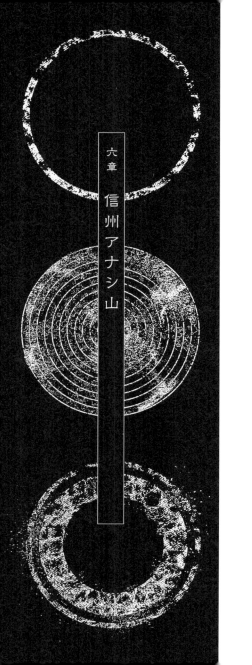

車は目の前の大師橋を渡らず、多摩川に沿って上流方面へ走る。

「これまでの経験から見て、敵はオービスばかりか、主要道路のＴＷＳ（初期の幹線監視システム）さえも盗み見している可能性が高いですから」

「盗み見、ねえ」

向井は苦笑する。ちなみにこの頃は、ハッキングなどという言葉も一般的ではない。

「ええ、交通局の情報も容易に入手できるでしょう。一般人の電話盗聴からこちらの位置を即座に割り出す奴らです」

太氏がため息交りに言う。

「私は、あのピロピロと鳴る、こんぴゅーたが、どうも肌に合いませんね」

九十年代初頭のノートパソコンは、内蔵のモデムに電話回線をつなげるダイアルアップが普通だった。太氏はその接続音が、身震いするほど嫌いなのだという。

典型的な初期パソコン恐怖性だ。が、彼は、好き嫌いにかかわらず、二十世紀が終る頃には、日本も巨大なコンピュータ文化に席巻されるだろう、といった意味の言葉を口にした。

「二十世紀の終りって、あと数年じゃないですか」

車の側面すれすれに走るバイクの群を睨みながら、向井は、ここ数年来、取り沙汰されている愚かな風説を揶揄した。

「一九九九年の七月に、ハルマキ丼《どん》ぶりが降って来るそうです」

「楽しい終末論ですね。そういえば、上野の精養軒で最後にスプリングロール（春巻）を食べたのも、あれは何年前のことだったか」

太氏と向井のさして笑えないジョーク合戦に、阿礼は爆笑する。

「あははは、お二人にかかっては、ノストラダムスも中華丼なみですね」

我慢しきれぬという風情で肩を震わせた。

彼女もこんな無防備な笑いを見せる時があるのか、と向井は驚く。

（笑いのツボは、人によって様々だな）

玉川通りに入ると、景色が急に華やかなものに変った。道の片側には、外車ディーラーが軒を連ねている。

派手な色合いのドイツ車、フランス車の中古車店も多く、ずらりと並んだそれらのリアウインドウに貼られた価格表示は驚くほどに安い。

日本経済の崩壊は、こんなところにも表われているのだろう。阿礼は玉川台の区民センター近くで車を徐行させると、

「あそこの店に入ります」

小さな中古車屋に乗り入れた。

看板を見ると「特殊車輛修理・多田工業」の文字がある。中古車販売の他、金属加工の仕事もしているようだ。

鉄錆とオイルの臭いがきつい車庫で車を停めると、油だらけのオーバーオールを着た初老の男が現われた。

「先生、ニュースで知りました。よくぞ御無事で」

男の胸元には、ドイツ車のマークとともに「多田雅元《まさもと》」のネームプレートが下がっている。

(姓に多《おお》の字か。これも太一族に連なる者だな)

向井は白髪交りの、実直そうな男の容姿を観察した。どことは言えないが、雰囲気は太氏に似ている。

「社長、この人は我々の協力者です。向井さん」

阿礼が向井を事務的に紹介する。たしかに協力者だが、何となくその言い方にも引っかかるものを感じつつ、「多田社長」と軽く握手した。

最前まで修理作業をしていたらしい。男の手に付いたオイルが、向井の掌にこびりついた。

「このライトバンを、大野波多麻呂さんのところに返却しておいて下さい」

阿礼は命じた。

「なるほど木更津から。それでこんな可愛い車にお乗りでしたか」

多田は、車体を撫ぜた。キリンの図柄にもオイルが付着した。無神経なものだ。

「運搬にあたっては、なるべく目立つようにお願いします」

「心得ました。目立つように、ですね。それで、替えの車はどれにします。また、ミニクーパーですか」

阿礼は首を横に振った。

「遠出《とおで》するので、狭いのはちょっと困ります。出来ればオフロード向きの子を」

車を子と言う彼女のオーダーに、多田社長はしばらく考えて、車庫の一角に三人を案内した。

黄色や赤のスポーツカーが並んでいた。ドライバーシートの背にブルーの小さなステッカーが貼られている。それが全てＭＢとわかって向井は、ははぁと合点した。

数年前、日本が好景気で浮かれ始めた頃、フィリピン沖で外車ばかり載せた大型運搬船が座礁。その損害額に世情騒然となった。

香港と日本の某企業が、故意に水没させたと噂され、ロイズ保険会社が調査に乗り出したが、原因は不明のまま終った。

その後、貴重な車輌は密かに引き上げられ、世界各地に散った。シートに貼られたステッカーが、その水没車輌の一部であることを、向井は、コンビニ売りの陰謀論眉ツバ本で読み知っている。

（この社長も、実はなかなかのやり手らしい）

向井は自分の手についたオイルを見た。

「こちらです。オイルで滑り易くなっていますから」

多田社長は、杖を突いて歩く太氏の足元を気づかいながら、車庫の一番奥に歩き、灰色のカバーを外した。

「ランクルです。逆輸入車です。ディーゼルではありません。大食らいですが、大丈夫でしょうか」

車の癖と、燃費の悪さを説明した。阿礼は皆まで言わせず、

「気に入りました。この子にします」

彼女が手続きを済ませる間、向井は車椅子と太氏の身体を、高い車体に苦労して運び上げた。

しばらくして、書類とキィを手に阿礼が戻って来た。多田社長が運転席に登った阿礼に再度の車輛説明をした後、

「これから何処へ」

何気なく尋ねると、彼女は少し怒ったように答えた。

「詮索は無用。我々が訪れたことも忘れるように」

まるで女王が臣下へ命じるようにそう言うと、荒々しく車を発進させた。

再び玉川通りに出て、信号で停止すると阿礼は車内の装備をあれこれ点検し始めた。

「車内電話には絶対触れないように。ふーん、カーオーディオは日本製ね。あれ、この車

はスーパーベルのハチハチオーエイチが付いてるわ。あと、バッテリー・チェッカーとか」うれしそうに説明した。「スーパーベル８８０Ｈ」は、カナダのベルトロニクス社製。警察のスピード探知機を逆探する性能は一番で、全米トップの売上げを誇っていた。軍事衛星の技術を応用するのだが、その大きさは文庫本一冊ほどもない。

「バッテリー・チェッカー、ヒューズモニターなんかはありがたいけど、スーパーベルはどうかなあ」

向井は彼女の喜びに水を差した。

「こいつは防犯装置、自動ドアのセンサーにも敏感に反応する。取締りの探知機と同じ帯《バンド》の雑電波も街なかには多いからね」

「これから行くところには、そういう心配も少ないと思うわ」

阿礼は、さっそく点灯し始めたスーパーベルの、ＲＥＤライトと警告音をオフにした。

「雑電波の少ないところというと、郊外だな」

「首都圏から外れます。でも、幸介さんも存知寄りの土地ですよ」

向井は耳を疑った。自分の知っている土地に向っている事より、阿礼が太氏を真似て彼を「幸介さん」と呼んだからだ。

この頑固な女史も、ようやく心の垣根を取っ払い始めたか、と頬笑んだ。

「女性に運転させといて何だが」

向井は大きくあくびをした。

「どうも眠くてたまらない。少し目を閉じさせてもらう」

疲れたら遠慮なく叩き起してくれ。運転を代るから、と言い足した。

「昨夜からの緊張がほぐれたのでしょう。何かあったら起します」

阿礼のやさしい言葉に、向井は安心して目を閉じた。後部座席から、太氏のいびきが聞こえてくる。

その呼吸の調子に合わせて息をするうち、向井も深い眠りに落ちていった。


軽いショックが尻の方から伝わり、向井は目を覚ました。車が微かにバックする気配もする。どうやら浅い溝に車輪を落したらしい。

薄目を開けて隣を見ると、暗い車内でエンジンを切る阿礼の疲れきった顔が見えた。

「ここは」

と問うと、阿礼は黙って前方の看板に顔を向けた。

中央自動車道の表示板だ。原P・Aの文字が読み取れる。

「長野県だね。ずいぶん遠くまで来たもんだ」

「あと少しで諏訪《すわ》です」

何か言おうとして向井は、猛烈な偏頭痛に襲われた。

こめかみを押さえてうずくまる彼に、阿礼が気の毒そうに、

「疲労のせいでしょう。このあたりはまだ大丈夫でしょうから、少し外の空気を吸われ

たら」

珍らしく相手を労《いた》わるような口調で言った。

「いや、君こそ大変だっただろう。最初はずっと下の道だったんじゃないかな」

高速道は監視システムで、すぐ足がつく。

「ええ、だから最初は多摩まで北上して」

奥多摩から国道を山梨。甲府でようやく中央道に乗り、ここまで来たという。

「丹波渓谷を抜けてきたのか。武田の落武者と逆コースだな。それは御苦労様」

「この車に慣れるという目的もあったんですが、やっぱり少し疲れました」

「よし、トイレ休憩が終ったら、俺が運転を代るよ」

「それはありがたい御申し出ですが」

疑わし気に阿礼は向井を見つめた。

「俺は僻地専門の発掘屋だった。トヨタのランクルは、測量道具やシャベルと同じ必需品だった」

中国の黄土地帯では病いにかかった発掘隊員を、三日がかりで病院まで運んだ。また南米の山奥で塚口と二人、左翼ゲリラに追われたこともある。

「日に三度もスタックしたが、僻地運転の講習を受けていたおかげで、何とか二人、逃げのびたんだ」

「まるで、シトロエンの『黒い探険隊』みたいな話」

こうして二人が語り合っている間も、太氏は全く起きる気配を見せなかった。

諏訪の市街地に入らず、茅野《ちの》で一五二号線に入った。

阿礼は初め、向井の運転を危ぶむ気配だったが、彼が順調にハンドルを切っているのを見て、ようやく眠りについた。

実は向井にとってもここは慣れた土地だった。茅野を出てすぐの場所にも、尖石《とがりいし》を始めとする名高い考古遺跡が散在している。

しかし、蓼科《たてしな》温泉郷を横目に、大きなカーブを過ぎて二九九号線に入ると、走行車輛の数が、目に見えて減り、途端に不安となった。

「これ、どこまで行けば良いんだろう」

向井が独り言のようにつぶやくと、阿礼がむっくりと起きあがった。

「右手に天狗岳が見えますから、そのまま道なりに。松原湖へ行く脇道の先が七由りになっています。やちほの表示が見えたらまた起して下さい」

言うだけ言うと、彼女は俯いて目を閉じた。

(天狗岳？　夜目がきくことは知っていたが)

メーターパネルの時計を見れば、ちょうど夜の八時だ。今宵は曇り空で星も出ていない。山影が見えるはずはないのだ。

(ハッタリだな。しかし)

何でそんな事を口にするのか、よくわからない。向井はぶりかえしてきた偏頭痛に顔をしかめながら、運転を続けた。

八千穂《やちほ》・佐久《さく》方面という文字が見えたのは、山道を上り切って、千曲川の支流を渡った下り道の途中である。

(これは小海線の駅だ)

向井がスピードをゆるめると、阿礼がまたしても、す早く覚醒した。

「右に入る道を大きく曲って下さい。そこの道祖神のあるところです」

男女が手を握り合っている石碑の横に、脇道が見えた。交通安全の小旗と並んで電話ボックスがぼんやりと輝いている。

「見張っていて。異変を感じたら、私にかまわず車を出して下さい」

傍らのバッグからテレホンカードを取り出すと、彼女は車を降りた。電話ボックスに駆け込み、すぐに戻って来ると、早口で報告した。

「受け入れ先の連絡がつきました。迎えの車を出してくれるようです」

ほっと嘆息した。

三十分ほどすると、二トントラックが一台。電話ボックスの前に停った。ライトが三度点滅する。

「こちらも三回パッシングさせて」

向井は言われるままに車側灯を光らせた。

トラックは線路に沿った道を、南に走り出す。向井もその後に続いた。

（これは、また国道一四一号に戻ってるんじゃないのか）

左に見えるのは小海線の架線らしいと知って向井は少し混乱した。このまま行けば、せっかく走った長野県を大まわりして、再び山梨県へ戻ることになる。

向井がそれを指摘すると、阿礼は事も無げに答えた。

「全ては我々の痕跡を消すためです。現在向っているところこそ、太・多一族最大の秘密なのですから、これくらいの用心は普通です」

「秘密の場所……か」

向井は首をひねる。何となれば、この先、山梨との県境には天体観測で知られた野辺山高原のパラボラアンテナや、八十年代に若者たちが押し寄せた清里のリゾート地帯がある。ティポットやケーキの形をした建物群は未だ記憶に新しい。

「あそこまでは行きませんよ。小海の先で山の中に入ります。ほら、先導車がまたパッシングしています」

阿礼が注意した。すぐに橋を渡り土手沿いの道を進む。向井は先を行くトラックのテールランプを必死に追った。

だんだんと方向感覚が混乱し始める。先程渡ったのが千曲川とわかっていたが、支流らしい川を二度、三度と越えるうち、ついに方位不明となった。不思議なことに、方位計も針が北を向いたままで止っている。

「ここです」

前方のトラックが停った。

広場がある。向井がブレーキをかけようとした時、タイヤが小さな突起を乗り越えた。

(車止めにしては小さいな)

前方に建物らしきものが、黒々と蟠《わだか》まっている。

(廃校か)

向井がそう感じたのも無理はない。この頃、地方の過疎化・少子化が急速に進み始め、マスコミも声高に危機感を煽り立てている。

「降りましょう。先生起きて下さい」

阿礼が促すと、太氏が車内灯の下で大きく伸びをするのが見えた。

「もう着いたのかね、アナシ山に」

目をこすっている。

(ここはアナシ山というのか。聞かぬ名だ)

向井もエンジンを切って車を降りた。

「私が先に挨拶します。幸介さんは先生を降ろしてさしあげて」

「了解」

向井は暗がりでまず車椅子を手早く組み立てると、高い車体から太氏の身体を抱えて降ろした。

前方に鎮座する建物の周囲が、オレンジ色に輝く。トラックに乗っていた男たちと、阿礼が立ち話を始めた。

（校舎じゃない）

灯の中に浮びあがったのは、立派な造りの日本家屋だった。

茅葺《かやぶ》きで、その屋根の勾配は大きく、板葺きの隅棟が縁を巡っている。甲州や奥多摩の旧家に多く見られる兜《かぶと》造りのようだが、このあたりの伝統的な建築物ではない。

（最近、移築したんだろう。いや、そうに違いない）

これほど巨大な古建築なら、民族学の写真集に必ず載っているはずだが、その手の本好きの向井にも記憶は無かった。

「幸介君、事前に注意しておきます」

太氏が声を低めた。

「ここは一応多一族だけれど、少し変った系列でね。独特な生活形態を堅持している。一人一人は好人物なのだが、村落全体の問題となると狷介《けんかい》なところもある。塚口君などは……」

思わぬところで友人の名が出た。が、太氏はそこで口をつぐむ。

大型の懐中電灯を持った人影が近づいてきたからだ。

「太安近様ですね。長旅御苦労様です」

人影は先に立って歩く。

車椅子を押して向井がその後を付いて行くと、車輪があちこちで引っかかった。

「お気をつけて」

人影が懐中電灯で足元を照らした。コンクリートと板敷の部分がある。初め側溝かと思ったが、そこに鉄の筋が埋め込まれているのでレールと知れた。

（トロッコの軌道だ）

それが広場を縦横に巡っている。何か重量物の運搬に用いていているらしい。

建物に入ると、玄関の先は広い土間である。通常東日本の古建築は、土間を右手に置く右勝手だが、ここはなぜか西国風の左勝手だった。

土間から板敷の床部分までの高さは階《きざはし》が五段以上もあり、やむなく太氏は車椅子を降りた。ステッキを突き、向井の介助で板敷に上った。

廊下は無く、中ノ間の畳を踏んで座敷に入る。七、八人の男がそこに居並んでいた。

向井はぎくり、とした。

死んだ塚口と瓜二つの容姿を持った者が、何人も交っていたからだ。

「宗家は、こちらへ」

厚い円座と腰を包む更紗《さらさ》の布が、上座右手に用意されていた。阿礼と向井はずっと下座に座る。

向い側に座った塚口そっくりな男たちが、刺すような視線で向井を見つめている。

その目を避けようと、彼は正面の床ノ間を眺めた。

床ノ間にひときわ大きい掛け軸で、「南無諏訪法性《ほっしょう》上下大明神」。右手に少し小さな軸で

「天目一箇神」。左手の軸もそれと同寸で「穴師《あなし》兵主神《ひょうず》」という珍らしい神名が掲げられていた。床柱の脇には朱塗りの鎧櫃。横を見上げれば格子欄間の下、長押《なげし》にはこれも朱塗柄の槍が掛かっている。鞘が板状に広がっているから、これは十文字槍だろう。

（まるで時代劇のセットだな）

こけ威かしにしては、手が込んでいる。その御神名の軸前に座っているのは、子供のように小さな老人だ。額がきれいに禿げあがり、後頭部の白髪は肩まで垂れている。それが茶色の作務衣《さむえ》をまとい、うずくまっているあたり、山中の老猿に見えなくもない。

「宗家、ようこそお越しで……、と申したいところなれど」

その「老猿」が嗄声《しわがれ》で言った。

「また難題を持ち込んで参られましたな」

「これも成り行きで、まことに相い済まぬ事です」

太氏は円座から片足を投げ出し、脇息《きょうそく》に身を持たせかけている。一応、膝には布を掛けていたが、そのしどけない格好で、老人にしきりと詫《わ》びる姿には、全く説得力が感じられない。

「御迷惑でしたかな」

「然《しか》り」

老人は顔をしかめた。

「宗家が我らを頼られた理由《わけ》はようわかり申す。しかし、大いに迷惑」

太氏はうなずいて、居心地悪そうに天井を仰いだ。老人は小さく笑い、シワだらけの片頰を搔く。その仕草も老いた野猿を思わせた。

「たしかに」

とつぶやくように猿老人は続けた。

「現時点で我らの力は、他の一族のそれを上まわっております。されど、御間違いあるな。我らはこの地で数百年の間、独立独歩。宗家の御系列とはあまり関わりを持たず、ここまでやって参った。とは申せ」

そこで言葉を切り、困ったような目で脇を見やった。

その視線の先に、あの塚口そっくりな初老の男がいる。老人は顔をしかめて、

「……和哉が宗家と接触し、かような仕儀に至ったのもまた事実」

と言った。

向井は、死んだ友人の名が出たことで息をのみ、やはり、と思った。

「いや、宗家。側聞《そくぶん》するところによれば」

塚口そっくりな初老の男は、険《けん》のある物言いをした。

「和哉はその金属の知識を誇り、これを知った宗家が言葉巧みに接触して、此度のような騒ぎを引き起したと」

「そのような事はありません」

それまで黙っていた阿礼が、たまりかねたように口を出す。

「塚口和哉さんは、あなた方一族と我が一族の融和を図るという目的もあって、自らの知識と発見の成果を先生にお伝えして下さったのですよ」

「だが、そのために和哉は死に至った」

初老の男は口惜し気に膝を叩いた。阿礼は彼をぐいと見つめて、

「ええ、敵の動きは思ったより素早いものでした。しかし、塚口和哉さんもある種の危うさを予感していたのでしょう。敵が確保しようとする直前、その『品物』のうち、僅かなサンプルを我々に残し、大部分は安全な場所に郵送しました。すなわち、この地にです」

老猿のような老人に、彼女は視線を移した。

「あなた方は、届いたその品物を抜け目なく隠匿している。違いますか」

「……」

蠟《ろう》細工のような端整な阿礼の顔を、老人は黙って眺めた。

ずいぶん長い間、沈黙の刻《とき》が流れたように向井は感じたが、それは案外短かったかもしれない。やがて、

「宗家のお考えは、読め申した」

呆れたように手を打った。

「……あなた方は、ただ、追われ追われてここに逃げ込んだのではない。初めからある目的をもってこのアナシ山百足《むかで》村を目指していたのでしょう」

阿礼は小さく首を振った。老人はまた舌打ちし、

「その目的とは、あのリャオリャン（遼河）隕石がこの地に至ったのを奇貨《きか》とし、これを好餌《こうじ》として『敵』を誘き寄せる。我々の力を用いて一気に殲滅する。狡《ずる》い、まことに小狡いやり方だ」

阿礼から視線を外した老人は、太氏に向ってなじるような眼差しを向けた。

「では、どうします」

太氏は上目遣いに老人を睨んだ。

「我々をつまみ出しますか。我々はここに来るまでの間、敵に追尾のヒントを与えるため、東京では内通者の疑いある者に車の手配を頼みました。中央道のあちこちに映像が残るようにもしました。あなた方が好むと好まざるとにかかわらず、敵は必ずここにやって来るでしょう」

居並ぶ人々の間に、ざわめきがあがった。中にはいきり立って腰をあげる者もいる。

騒ぐ人々を前にして向井は、太氏の言葉に納得し、うずうずと笑った。

（玉川台の中古車屋。あの多田社長は裏切り者か）

保険会社の因縁《あや》がついた水没車輛を、整備販売していた。犯罪の臭いがする高級車の故買が、各国情報組織の資金源であることは陰謀論者の本にもよく載っている話である。

（太・多一族も大族なだけに、妙な奴が交っているんだな）

「黙るべし」

老人は白髪頭を振って皆を制した。一同が静まると、困ったように首筋を掻きむしり、

「少し刻《とき》を下さらぬか」

「ええ、しかし、あまり時間はないと思いますよ」

半ば自分のごり押しが通った、と見たのか太氏は余裕の笑いを見せる。

「では、お客人を別間に御案内せよ」

老人は傍の者に命じた。

阿礼が太氏の上半身を抱え起した。向井もそれに手を貸そうとすると、老人が彼を呼び止めた。

「お前さまは、少しここに残ってくれませぬか」

向井は反射的に阿礼の顔を見た。彼女もとまどったように、それでいて向井を牽制するような、強い眼差しを返した。

(余計な事は何も言うな、か)

了解の印にウインクしてみせようとしたが、こういう事に不器用な向井は、両目をせわしなくぱちぱちさせるばかりだ。阿礼にそれが通じるわけもなく、ただ怪訝そうな表情で彼女は部屋を出た。座敷で対峙していた人々も大部分が席を立ち、そこに残ったのは老人と向井、そして塚口そっくりな男の三人だけだ。

杉戸が閉ざされると、室内は前にも増して重苦しい雰囲気が漂った。

「老猿」もその「手下」も、押し黙ったままあらぬ方を眺めている。三分ほどもそんな黙《だん》り《ま》が続き、

（何だ、この失礼な奴らは）

向井は席を立とうと腰を浮かしかけた。その時、老人が傾いたまま、手をあげ彼を制した。

「向井……幸介さん、でしたな」

「はい？」

「あんたの事は以前、和哉から聞いたことがある。此度《こたび》は面倒な事に巻き込まれなさった。全ては、あの宗家――太安近と一ノ瀬の女狐めが企んだ事であろう。御同情申しあげる」

そこで老人は言葉を切り、聞き辛いしわぶきをひとしきり続けた。傍らの塚口そっくりな男が、急いでその背を撫でさすった。ようやく痰が切れると、老人は息を整えた。

「かく申すこの爺ィは、塚口長左衛門《ちょうざえもん》と申す。この村の差配をいたしております」

一気に名乗ると、ほっと嘆息した。塚口に似た男が、見兼ねて老人の言葉を引き継いだ。

「塚口家は代々この百足村を治めて参りました。当代で三十一代になります。太氏と同じ血をひくと伝承は残りますが、奈良朝頃の話で、それはもう御伽話のようなものでしょう。我々の家系で正確に遡れるところは、室町初期までです。あの安近センセイを一応御宗家と立てておりますが、これは先代長左衛門の申し伝えを守っての事に過ぎません」

一気に語り、そこで自己紹介がまだであったことに気づいたらしく、居住を正した。

「かく申すこの地者《じもの》は、塚口信哉《しんや》と申し、塚口和哉の長兄《ちょうけい》にあたります。親子ほども歳の離れた兄弟ですが、よく似ていると村の者は申しておりました」

（たしかに）

太り肉《じし》で、小鼻の下に小さな黒子があるところまでそっくりだ。異なっている点といえば、幾分物腰が柔らかく、発掘現場の監督にあるようなふてぶてしさがみじんも感じられないところだが、それは言葉に関西訛が無いからかもしれない。

（ん？）

ここで向井は気づく。親友塚口和哉は、自身が大阪の出身と言っていた。彼だけが一族と離れ、遠隔地に住んでいたというのか。

「話の腰を折るようですが」

と言って向井はその質問を塚口の兄にぶつけてみた。

「いえ、和哉も海《うん》ノ口《くち》で生まれ、関西の大学に入るまでアナシ山の山麓に育ちました。あれは音感が鋭く、他所の口跡《こうせき》（訛）を真似ることがうまかったのです。この村の人間には、時折そういう特技を持つ者が出ます。鉱物採集に特異なカンを持つことも……」

「アナシ山のふもとには」

と、長左衛門老が言った。

「……代々そのような癖のある者が、多く出ますでな。そも、この村の由来から語らねばなりませぬが、これも少し刻をいただけますか」

向井がうなずくと、老人は宙を見つめて詠《えい》じ始めた。

「そもそも、アナシ山の山麓は古くより百足村と申し、甲斐国主武田法性信玄公の金掘り衆、塚口家これを拝領。武田家の将、多田《ただ》淡路守満頼《みつより》を隠れ差配にして砂金掘り、黒鍬（土木）、城攻め、水の手切りに働きたりしとぞ……」

やはり、武田遺臣団の村だったようだ。ここに語られる多田満頼は、妖怪退治の豪傑としても知られている。葬列を襲って死者を食う火車《かしゃ》なる魍魎《もうりょう》を斬り、彼の太刀友重《ともしげ》は「火車斬り」として諸国に聞こえた名刀になった。その物語は向井も知っている。

「多田満頼公は元これ美濃の侍。多田源氏の出なれども、一説に太安万侶の子孫と申す。故《ゆえ》に我ら塚口の一族も、いつの頃からか大和国十市《といち》郡多《おおの》郷《ごう》多神社に隷属する身となり、江戸期を過したり」

　徳川家の世となっても塚口一族は、鉱山開発に能力を発揮した。幕府は密かに彼らを保護し、村の諸税を免除。頭領長左衛門に「人名《にんみょう》」という呼称を与えた。これは瀬戸内の海賊にも見受けられる特別職の身分であるという。

　明治の新政府も特権を村に与え、それは昭和に入っても継続された。日本が軍事大国化していく過程で彼らの鉱物探索能力は貴重であり、村の若者らは満州、東南アジア、遠くはインド・ペルシア方面にまで派遣された。

「事態が変ったのは、敗戦でありますよ」

　長左衛門老は、そこで言葉を切り、手を首筋にまわすと、盛んに掻き始めた。シワだらけの細首は赤くなったが、老人は止めようとしない。神経性の皮膚炎でも患っているらしい。

あわてて塚口信哉がその手を押さえ、話を代った。

「G機関の名は、御存知でしょうか」

「はい、ここへ来る道々」

向井はうなずいた。信哉は老人が落ち着くのを待って言う。

「終戦の混乱は、当村にも及びました。GHQの参謀本部第二部の下にあるZユニットのひとつ、G機関が村民に目をつけたのです」

山梨県は、海軍の通信機器に用いたクオーツや雲母《マイカ》の産出地であり、軍事資産の金塊も各所に隠匿されていた。

「昭和二十年十月。先代と当代の頭領二人は、東京日本橋室町三丁目、G機関のアジトである通称『ライカ商会』に連行され、拷問に近い扱いを受けました。先代は死亡し、当代も右耳が聞こえぬ様となったのです」

老人は無表情に右の耳たぶを掻いた。信哉はその手を押さえながら、

「この『尋問指令』は、旧日本海軍と造幣局の隠匿物資摘発が表向きのものでした。後に東京越中島の水路から数兆円の金塊が引き上げられましたが、我々とは何の関連もない。それどころか、Zユニットのボス、J・Yキャノンも関知しない案件だったのです。ユニット内の別組織、G機関のハワード・ショウが独自に行ったものでした。目的は金塊ではなく、特殊な隕石です」

西暦二三八年秋、中国東北部に落ち、その後世界中に散っていった呪われた隕石の確保

がハワードの、真の目的だった。

東洋古代史に堪能《たんのう》なハワードは、貴重なその石のうち最大のものが邪馬台国に伝わり、日本軍部あるいは皇室が隠匿していると考えて、その証拠集めをしていた。

しかしそれは、深読みに過ぎなかった。そのうち反共政策の一環として皇室の存続を図る占領軍指令部は、G機関のこうした動きを危険なものとした。

ハワードは本国に召還された後、謎の死を遂げた。上司のキャノンもハワイで交通事故死し、隕石の案件は一時的に消滅した。

「しかし、G機関は非合法組織として存続し、親玉もハワードの息子、ジェイムスがイエール大学から派遣されて着任。こ奴は父親より少々頭が切れた。隕石が未だ日本で発見されていないものと推理して、我が国各地の考古発掘現場に目を光らせたのです」

「アメリカ人にしては気の長い、というより夢想家ですね。そのハワードという奴」

向井は、あからさまに侮蔑の表情を浮べた。

塚口信哉は、肩をすくめて彼を見た。

「彼らは半ば宗教秘密結社ですからね。以前から中東の十字軍遺跡に留学生を派遣して聖書の痕跡を探ったり、果ては古代に飛来した宇宙人の証拠を見つけようとしていたようです」

「常軌を逸している」

「しかし、ハワードはついに、ビンゴの札を引きあてたのですよ」

「札とは弟さんですね」

長兄の信哉は苦々し気にうなずいた。

「ジェイムスも、父親と同じく、初めは隕石が日本皇室の秘密所有物ではないかと疑い、宮内庁の尚古館《しょうこかん》や、裏でつながる寺社を調査。そこから太氏の一族監視に力点を変えていきました」

おそらくその過程で塚口和哉の特殊能力を知り、彼の隕石発見も察知したのだろう。

「ギフテッド、と言うのだそうです」

「何です、それは」

「『神からの贈り物』。ジェイムスは隕石をそう呼んでいたそうです」

「いかにも、宗教結社らしい物言いですね」

向井はしかし、笑えなかった。彼の親友はその贈り物を見つけたためにマークされ、殺害されたのである。

三人とも同じ思いであったのか、室内に再び重い空気が漂った。

数分後、沈黙を破ったのは、長左衛門老だった。

「この爺ィにも、僅かだがその『贈り物』とやらを探る、能力がありましてな」

ゆるゆると語った。

「時々、妙なものが見え申す。失礼ながら、向井さん。あんたにも奇妙なものが憑《つ》いておりますな」

「はあ」

「守護霊と申すのか、災い神というのか。男女二体の小さき者が見え申すが」

「はあ、見えますか」

向井は自分の膝まわりを見まわした。むろんそんな異物の影は感じられない。

（あ奴らは、俺が本当に危ない時しか現われないはずだ）

「我が国にも『小《ちい》さこ伝説』と称し、巷《ちまた》の神々の一種がござらっしゃるが」

老人は目を細めた。

「あんたに憑いている小人は、古代の漢人なのが珍らしい。異国では、よほど心根《こころね》の良い土地の神々に、気に入られたと見ゆる」

老人の言葉に、向井はうずうずと笑った。

「まあ、ここ何日かは姿を現わしませんがね」

己れでも奇妙な会話をしていると思ったが、この老人には別に隠す事もない。何より自分の憑き神を褒められたのが向井はうれしかった。

「なぜ、急に現われなくなったか、御存知か」

「はあ？」

自分でも間の抜けた返事ばかりしている、と向井は思うが、仕方ない。

「そういえば」

昨日来、危ない事が無かったわけではない。たとえば川崎の神社では宿所に爆発物を仕掛けられた。阿礼の活躍で、辛うじて危機を脱したが、その折り、いつも現われる二人の小人の姿は無かった。

「わしの見るところ、あんたの憑き神が出て来られぬ事情があるらしい」

老人は、唐紙の向うに顎をしゃくった。

「巷の小神は、格の高い邪神を恐れる」

「邪神」

「あの一ノ瀬阿礼なる女狐は、おっかない奴ですよ」

長左衛門老は、またひとしきり老人臭い咳《しわぶき》をした。

「あんたを便利づかいしている。あまり女狐の話には耳を貸さぬことです。これを言いたいばかりに、あんたをこの部屋に残しました。ま、老婆心までに」

よろりと腰をあげると、老人は部屋を出ていった。塚口信哉も、向井に一礼して太った身体を丸め、その後を追った。

向井は、気の抜けた表情で床ノ間を見つめる。

諏訪法性の掛け軸と鎧櫃ばかりが、冷やかに彼を見下ろしていた。

(弱ったな)

太氏と阿礼は、ずいぶん非協力的な場所を逃げ場に選んだものだ、と向井は腕組みをした。

七章 地図に無い村

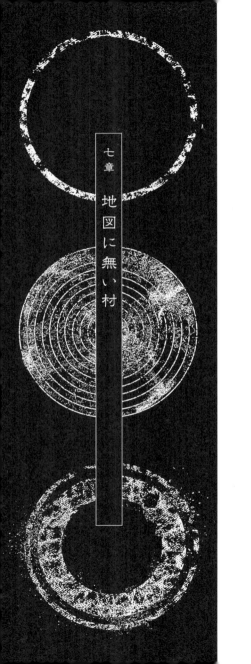

向井が中ノ間に出ると、控えていた若い男が、彼を離れに案内した。そこに太氏と阿礼が所在なげに座っている。

「どうでした。何を聞かれたのですか?」

阿礼が小声で尋ねる。

(これが長左衛門さんには、女狐に見えるのか)

向井の中に笑いがこみあげてくる。

「別に変ったことは。友人塚口の御遺族と思い出話などを。彼がこの佐久の出身者と聞いて少し驚きました」

と答えたが、阿礼は太氏と疑わし気な視線を交し、

「あとで、あなたには話しておきたいことがあります」

向井にささやいた。それから手帳を取り出してペンを走らせ、彼に示す。

(ふむ)

そこには、「この部屋は盗み聞きされています」とある。太氏が横から手を伸して紙面を破り取り、丸めて口に放り込んだ。くちゃくちゃと噛んで、ごくりとそれを飲み込んでしまった。見事な秘密保持法だが、理知的な学者センセイのやる事ではない。

「おや、評議が定まったようですね」

太氏は離れの方に耳を傾ける。人々の立ち騒ぐ声が聞こえてきた。

「はてさて、塚口一族が戦いに加わるか、我らを無慈悲に村からつまみ出すか」

太氏は自ら仕掛けた賭けの結果を楽しむ気配だが、阿礼は唇を噛みしめ、身を固くしている。

杉戸が開き、控えの男が無言で平伏した。長左衛門が、来いと命じているのだろう。

三人は、控えの男に導かれて外に出た。母屋の裏にある厩《うまや》のような建物に入ると、そこに二十人ほどの男たちが集っている。

向井らに抱えられた太氏が、勧められた座に腰を落ちつけると、塚口信哉がまず口を開いた。

「村の意見がまとまりました」

太氏は正面に座った村の長《おさ》、長左衛門を凝視する。老人は静かに目を閉じていた。しかしその口元は悔し気にゆがんでいる。塚口がそんな老人に代って、

「宗家に御協力いたしましょう。ここにG機関の追手を引き込み、そして」

殲滅します、と小さいがはっきりとした声で言った。

「御協力かたじけない」

太氏は頭を下げた。

「戦後長らく傍若無人にふるまい、我が国の至宝を奪い続け、かつ太氏一族に敵対して来

た外国勢力に鉄槌《てっつい》を下されると……」

そこまで語った時、老人は片手をあげて彼の言葉をさえぎった。

「お黙りあれ、宗家。我らは甲州の穴師（山師）一族。ナショナリズムとやらのために戦うのではない。ましてや、僅かな家系伝承でしかつながらぬ太氏一族のためにも戦わぬ。村が『開戦』に踏み切ったのは、先代が受けた恥辱。そして近くは塚口和哉を殺害された、その仇を討つということ」

「太の一族ではなく、村の復讐。武田百足衆のそれが矜持《きょうじ》かね」

「左様」

長左衛門老は不快そうに言葉を切り、横を向いた。


それから村は戦闘に備えて騒然する……と思われたが、向井たちの予想は外れた。人々は静かに散会し、村は静寂の中に戻った。太氏は村の公民館らしき建物に宿舎を与えられた。阿礼と向井も別々の寝所を指定されたが、これは三人をバラバラにして「共同謀議」を防ぐためだろう。

「案外、肝の細い連中ね」

阿礼は中庭に停めたランクルから、手荷物を取り出す許可を求めた。

「幸介さんも運ぶの手伝って」

二人は駐車場に向ったが、当然ながら村人の見張りが付く。

監視の男は、髪の毛を茶に染めたチャラけた若者だが、モトローラ社の携帯を腰に着けていた。よく観察すると、こ奴ばかりか村人の多くがこれ見よがしに、最新式の外国製携帯電話を下げていた。

（マスコミ関係者並の普及率だな）

ポケベルしか持っていない向井は、少しうらやましく思った。

「幸介さん、後部座席の備品を確認して」

阿礼が命じる。監視役の若者は、車のまわりを所在なげにうろついていた。

運転席に乗り込むと阿礼は、あたりにあった雑用品や自分のバッグを、無雑作に紙袋へ投げ込み始めた。

向井も言われるままに持ち出す物を袋に入れていたが、ある品を手にしてゾッとした。四角い油紙の包みだ。中味は川崎で捕獲した、敵の梱包爆薬「アンモ」である。発火装置を外してあるとはいえ、車一台吹き飛ばせる程の危険物を、平気で座席に放り出していた自分の迂闊さに慄然とした。

「それ、何かの役に立つかもね」

阿礼は飲み屋のテーブルに落ちたピーナッツほどの関心もない。

「来る途中、どっかの河に投げ込んで、無力化しようと思ったんだけど」

「それなりに私たちも忙しかったから」

阿礼はダッシュボードの蓋を開けて、懐中電灯と道路マップを取り出した。

「持ち出すものと言ったら、こんなものかな」

という阿礼に、向井は顎をしゃくった。

「そこにあるカナダ製のネズミ捕りも持って行こう」

「どうして」

「そいつは、雑電波にも敏感だ。敵は在日米軍のヒモ付きだろう。必ず高度に圧縮したバースト送信器を使うから、探知機として使える」

「でも、これの電源は、車のシガーライターよ」

「懐中電灯の電池用に改造すればいい」

向井はマイナスドライバーを取った。そのスーパーベル８８０Ｈを固定する両面テープを、ダッシュボードから剥ぎ取る。

荷物を適当に分け、彼と阿礼はそれぞれの宿泊場所に向った。

向井は爆発物をそ知らぬ顔で自分の手荷物に入れる。もちろん監視の若者には悟られていない。

彼が指定された宿所は、村の中心地に近い比較的大きな造りの一軒家だった。セトグチと呼ばれる裏庭と、古びた土蔵に挟まれたその家の座敷である。このあたりではインキョと称する小部屋だが、廊下を隔てて厠《かわや》も近い。

（子供の勉強部屋に改造しているんだな）

仏壇らしい壁の棚には、ぎっしりと本が挟まっていた。学習参考書とともに、鉱物図鑑や金属関係の専門書が並んでいるのがおもしろい。

（この家の子供は勉強家らしい）

床には箱に入った鉱物サンプル箱も積まれている。向井はそれをひとつふたつ、開けてみた。

（雲母や磁鉄鉱か。古いものだな）

箱のサンプルラベルを見ると、全て戦時中の年号が書かれていた。

座卓の前でごろりと横になると、廊下で足音が聞こえた。向井は例の爆発物を、急いで鉱物サンプルの間に隠し、何気ない風を装った。

部屋に入って来たのは、塚口の長兄信哉だった。ラフな甚平《じんべい》姿に着替え、小鍋と大徳利の載った盆を手にしている。

「先程は失礼いたしました。村の長を前にいたしますと、どうしてもあのような態度をとらざるを得ないものでして」

何もございませんが、と盆の上の食器を座卓に並べた。

小鍋の中味は煮ほうとうで山菜の漬物が付く。徳利は酒屋で使うような貧乏徳利で、「○井《い》」というメーカー名が付いている。東京青梅の銘酒だ。

（ほんとうに武田遺臣団の末裔《まつえい》なのだな）

戦国末期、甲州金掘りの内で最も優秀な百足衆は、長野方面よりも、現在の東京都北西部や埼玉県西部を根城にしていた。武田家が滅亡する時、織田信長に追われた落武者たちは、金掘りの手引きで奥多摩や青梅に逃れ、辺地の土豪と化した。

現在でもその縁を大事にして多摩には、山梨、長野の人々と嫁とり婿とりをする家があるという。

「この酒は」

そういう御縁でしょうか、と向井は尋ねた。別に深い意味は無い。ただ話の鳥羽口《とばくち》に話しただけだったが、信哉はにこにこと笑って、

「山犬ロードと言うのですよ」

向井の盃に酒を注いだ。

「金掘りが穴神の百足を信仰するのはごく普通のことですが、秩父・多摩・相州の山岳地帯は山犬信仰が盛んで、百足衆にも同様の信仰を持つ者が多かったのです」

その信仰の道も用いて、落武者たちは各地に散っていった。

「証拠らしきものが、ここにもあります」

信哉は天井の火伏せ縄を見上げた。年に一度ずつ梁に一筋の縄を巻きつけると、火災を防ぐというまじないだ。

その梁の端に黒い塊《かたまり》がある。

「山犬様の頭蓋骨です。かなり古いものですよ」

日本の山犬（狼）が絶滅したのは、明治の半ば頃とされている。

「和哉が中学生の頃、廃屋から拾って来て、あすこに掛けたんです」

向井は改めて部屋を見まわした。

「では、和哉君の自室だったのですね」

「はい、ここを鉱物探索の仕事場にし、大学受験の勉強もここで」

この地で育った彼には、受験の塾や予備校通いも無縁であったろう。それで関西の一流大学に現役入学できたとは、

(相当な努力家と言うべきか)

くいっと向井は、盃を干した。信哉が急いでそこに徳利の酒を注いだ。

「いやもう、酔ってしまいます」

「ずいぶんいけるクチ、とあれから聞いておりましたよ」

あれとは死んだ和哉のことか。他に俺のどんな事を親族に語っていたのか、向井は気になった。

「和哉は未成年の頃に村を離れた数少い塚口分家の一人です。そんな自由が許されたのは、あなたも御承知の、特殊金属に対する彼の並外れた探知能力のおかげです。百足村の住民には、時としてそういう才能のある者が生まれます。村の長は彼の能力を愛《め》でて、特に都会暮しを許しました。ただしそれには条件が」

信哉は指折り数えた。ひとつ、周辺の内情を語らぬ事。ふたつ、この村の出身である事を悟られぬ事。みっつ、己れの持って生まれた才を人に見せぬ事。

「残念ながら和哉は、出生とその才を太氏一族の宗家に早々知られてしまいました。本人

が申すには、信州諏訪の福沢山で考古学調査をしている頃の事だそうです」

聞いて向井は、東京東中野にあったハーフティンバーの洋館を思い出した。門扉を飾っていたチューダー・アーチの鉄平石は福沢山にのみ産する板状節理の安山岩だ。

「和哉は同好の士として、気を許したようですが、老獪《ろうかい》な宗家の事です。その実、あれの出身・才能を克明に調べあげていたのでしょう。宗家は、蜘蛛が糸をたどるように、和哉を自家薬籠中のものとし、あなたの特殊な才能も手中に収めたというわけです」

信哉の口調には依然として太氏に対する敵意が感じられた。

「俺の才能？　ああ、危なくなると妖精が見えるなんて怪ッ態《けたい》な癖ですか。最近では雑誌にも載ってますね。『小さなオジサン』とか言って……」

東京杉並の某神社にお詣りすると、身の丈十五センチ弱の中年親父が憑《つ》くという噂は、九十年代の初めにさる芸能人が言い出し、テレビ・週刊誌にも取りあげられた。ただし怪奇ネタではなく笑い話として。

「ここのところそういう幻覚も絶えました。妖精さんは宗家の秘書嬢がいる時、なぜか出て来ない。おっかないのでしょうか」

向井は軽口を叩いたが、なるほど彼女が小人の存在を指摘してから、彼らは出現しなくなった。

「それは当っているのかも知れませんよ」

信哉は向井の盃に酒を注いだ。

「太氏とその眷属《けんぞく》は、古くから人の気を吸い取るとされて来ました。いいや、本当に恐いのは、のほほんとした宗家ではなく、時に妙な鋭どさを見せるあの一ノ瀬とかいう小娘です」

「たしかに彼女は少し恐いですね」

が、ここ数日。旅をしていると、そのきつい性格の中に隠されたナイーブさに、向井はなぜか魅入《み》られている自分を、感じていた。

その思いを信哉に知られぬよう、彼は座卓脇の貧乏徳利を持ち上げた。信哉は盃ではなく、飯用の茶碗で中味を受けた。

「私が家を継いで、一生この村で暮すと決めた時、父親が最初に教えた事は、酒を楽しめ、ということでした」

彼は茶碗をぐいとあおった。

「程度な飲酒は、憂《う》さを晴らし、山中で我慢する心を養います。この村は特殊なところでして」

「特殊とは、村の伝統ですか」

「それもありますが。なにしろここの住民には、戸籍というものがない」

「えっ」

にわかに信じられぬ事を、信哉は話し始めた。

「村の存在も隠蔽されています。ためしに国土地理院の地図を御覧になったら良ろしい。

未測量地として、空白になっています」

「まさか」

峻険《しゅんけん》な山岳地帯ではない。村の外側には観光地清里に通じる県道も通っているし、小海線も走っている。

「不思議な話でしょうが、タネを明かせば何でもない。戦前この村は陸海軍の特殊鉱物研究地として、準要塞地帯扱いでした。戦後も村の者は朝鮮戦争、アジア・アフリカ諸国への援助活動に協力し、日本の経済成長を陰で支え続けたのです。特に非合法な地質調査を強《し》いられる時、公的記録の無い我々は国にとって便利な存在でした」

こうした例はこの村だけではない、という。

「奈良県にＹという小さな宗教団体があります」

Ｙは伝説上の鳥の名である。

「この組織は南北朝以来の古さを誇ります。歴代の天皇に御仕えし、非合法活動も行ったため、幕末に入ると『皇室のお庭番』とも呼ばれました」

戦後、ＧＨＱや欧米反日勢力による皇室のキリスト教改宗問題が勃発した際、Ｙは「神武以来の危機」として獅子奮迅の活躍を見せた。

以来、その構成員は彼らの言う「霊的国防の実践」に備えるため、自ら存在せぬ者として暮している。

「そのＹより、この村は規模が大きいのです」

「そうですか。しかしおかしい。戸籍や所在地が抹消されているなら、諸税も免除されるでしょうが、ここのインフラはどうなっているのですか」

存在せぬ村に、電気や水道の配管・配線は不可能だが、現にこうして明りの下でのうのうと酒を酌み交している。

「そこはそれ。一部は自力で、一部は関係企業の援助です。地方の行政も金さえ積めば自在に動かせますよ」

「驚きました」

「この先に数年前から、奇妙な観光地が出来ています」

「ああ、某人気漫画の『ペ○ギン村』みたいな。ケーキやティポットの形をした建物が並んでいる……」

「あの村の収入も、多くが当村のものです。他に」

信哉は長野や群馬の、温泉リゾート施設の名も口にした。

「相当な収益をあげているのですね」

信哉は首を振った。

「いえ、そのほとんどは村の維持費と某政治団体への献金で消えていきます。それだけ現代社会では、自己の存在を隠すのに莫大な資金を必要とするのです。あー、少し酔って口が軽くなり過ぎたようで」

御無礼をいたしましたと一礼した信哉は、部屋を出ていった。

向井も酔った。目の前にあった冷えたほうとうに少し口をつけたが、すぐに箸を放り出し、そのまま畳に伏せてしまった。


翌朝、早くに向井は目覚めた。

痛飲した割りには二日酔いの兆候もない。酒が良質だったせいだろう。

手荷物からタオルと歯ブラシを取って廊下に出ると、中年女性が現われて洗面所に案内してくれた。

水場は土間の外、庭の片隅にあった。生垣越しに村の広場が見える。

小学校の校庭にしては少し狭いが、山間の集落でこれだけの広さを確保するのは大変だったろう。

片隅は駐車場だ。奥に向井たちのランクルが停っている。

歯を磨きながら、ぼんやりと眺めていると、数台のトラックが入って来た。村人がどこからか走り出て、青いビニールシートを広げた。

トラックの荷台から木箱や長い棒の束を下ろしては、シートの上に並べていく。手伝う村人の数も増えて、あたりは騒然とし始めた。

(あれは祭礼の道具だな。こんな時に村祭りか)

顔を洗って部屋に戻ると、すでに膳が並んでいた。

(目刺しに味噌汁は普通だが、この副食物は何だ)

白い小皿に乗っているのは短冊型に切った塩昆布、皮付きの茹で栗、細く切った貝の干物、小盛りにした荒塩もある。しかも卓には朝っぱらから日本酒の一合瓶まで付けられていた。

（親切だな。迎え酒かよ）

初めは思ったが、ふと思い当った。

（これは、出陣の祝い膳じゃないか）

向井は廊下へ出た。人声のする方に出てみた。台所がある。そっと覗いてみると、大勢の女性たちが立ち働いている。大釜に米を炊き、握り飯を作っていた。

（炊き出しか。やはり祭りの仕度らしいな）

部屋に戻った向井は、その不思議な朝食を食べた後、外に出た。

荷運びする村人の数は、さらに増えている。箱から運び出された品々が、次々に並べられていくが、それらは映画の衣装小道具とさして変りがない。

鎧、兜、小具足、鎧下着、刀、旗着物。棒の束には模造の槍先が付けられていく。

「山梨あたりでは、祭りと言ったら武者行列だいねえ」

いつの間にか、向井の背後に、監視役の若者が立っていた。

「俺たちの組も、ゴールデンウィークの声聞いたら、甲府や石和《いさわ》に出陣するン。まあ、年に何度かの息抜きみてえなもんだいね」

と説明する。

「駅によくポスターが貼ってあるな」

山梨にはこの種の祭りが特に多く、信玄公出陣祭り、勝頼公祭、笛吹川原の合戦祭など、枚挙にいとまない。

「でも、今回の祭りは、この村だけのものだ。アナシ山から花火打ちあげるだい」

「ふーん」

読めた、と向井は片目を細める。

（祭りの騒ぎに事寄せて、G機関を迎撃するつもりだな）

火薬を扱う祭なら戦いも隠蔽できる。しかし、相手は秘密結社とはいえ、結構な武装で乗り込んでくるだろう。こんなコスプレごっこで対抗できるのか。

シートの上を行き来していると、広場の入口に長野県警の文字が入ったパトカーが現われた。

二人の警官が降りて来て、並べられた品々を物珍らしそうに見まわし始めた。

塚口信哉が小太りの身体をゆすって、迎えに出る。

「虫干しですか。今年の祭りは少し早いね」

中年の警官が信哉に言う。

「三島暦《みしまごよみ》で、しかも陰明道に沿って行いますから。昨年は陰祭でしたが、今年は本祭りで花火も上げるし、火縄銃も放ちます」

中年の警官はうなずくだけだったが、少し若い警官は、胡乱気《うろんげ》な眼差しで刀や火縄銃を眺めた。

「許可は受けてますよね。危険物取扱いの」

「県警には申告を済ませてます」

塚口信哉は書類を見せたが、若い警官はなおも疑い深そうに、虫干ししている諸道具を点検し始める。

信哉の視線が鋭くなった。それを見た中年の警官が顔色を変える。

「申告が終っているのなら、問題はないでしょう」

おい、と彼は年下の警官を呼んだ。

「祭礼道具に触れるな」

「えー、御神輿なんかどこにもない。危険物だらけじゃないですか」

「黙れ、次に回るぞ」

年かさの警官は、若い同僚を呼び寄せると人々に敬礼した。

「ではくれぐれも火の元には気をつけて」

パトカーが去っていくと、向井の脇に立つ茶髪の若者が地面にツバを吐いた。

「スボケが」

向井が驚くと、信哉が若者を叱りつけた。

「お客人の前では、礼儀正しくせんか」

それから取り成すように向井へ笑いかける。

「佐久の小役人には、時々ああいう申し伝えの行き届かぬ者がいます。恐らく点数稼ぎで血まなこになっているのでしょう」

信哉はトラックの荷台へ残った貨物に顎先を向けた。

キャンバス布の端にカーキ色の木箱がある。蓋が開きかけたそこには、猟用のライフルや自動小銃らしきものも覗いていた。

(百足衆も意外と現実的だ)

やがてそれらの危険物は、男たちの手で何処かへ運び出されていった。

虫干しは、昼過ぎになると急に賑やかなものとなった。女性や学校帰りの小学生が作業に加わったからだ。

これから何事が起きるのかもわからず、ただ祭りの仕度と信じて燥ぐ子供の姿を眺め、向井は不思議に思う。

「この子たちの戸籍は、どうなっているんですか」

備品の区分けをしている信哉に、そっと尋ねた。

「みんな、県外にいる親族の、養子という形になっています」

「親族ですか」

「弟の和哉みたいな立場の者が、いるのですよ。これも極秘事項のひとつでして」

このシステムも、村の存続には欠かせないという。

「ある程度歳が行って、自我に目覚めた時、自分の立場に」

疑問を感じる者もいるだろう。そういう子はどうするのか、と向井が重ねて問うと、

「まあ、それは」

信哉は目を伏せ、無言となる。向井は少し恐くなった。

午後遅く、日が陰《かげ》り始めた頃。佐久の消防本部から、火気施設の調査員がやって来た。

彼らは警官より幾分か愛想が良い。打ち上げ花火（むろんダミーである）や、火縄銃の黒色火薬保管状況を確認し、書類にサインを求めた。

信哉と世間話などして、帰り間際、一人の調査員が、

「こりゃあ、すぐにひと雨来るなあ」

と言って空を仰いだ。

彼らが帰った直後、向井の顔にポツリポツリと水滴が当り出す。

「広げた荷を公民館に運べ。虫干しの意味が無くなるぞ」

信哉の命令一下、人々は総出で備品を移動させた。

公民館の大座敷は人と荷で溢れた。子供は駆けまわり、女性は破損した衣装を繕う。

その女たちに混って、阿礼も小器用に針を動かしていた。

「見張りがいないね」

「こんな衆人環視の中では意味ないでしょう」

「それにしても裁縫がうまいな」

「あら、私これでも、コスプレーヤーだったのよ」

イベントでは仲間の衣装も縫っていた。以前は自前の電子ミシンさえ持っていたという。

「驚いたな。まるでイメージが違う」

「考古発掘に携わる人とも思えない御意見ね。あなたの学問は、まず既成の概念を捨て去る事から始めるのじゃなかったの」

「発掘状況によるよ」

向井は言い返した。

「先人の、データ蓄積の上に新説も成り立つんだ。ただやみくもに自論を振りまわすだけじゃ、カルトになっちまう」

向井は己れの言葉に笑おうとしたが、出来なかった。自分がいま典型的なカルト集団の中に紛れ込んでいる事を、思い出したからだ。

「安近センセイは、どうしてなさるね」

「センセイなら、長左衛門さんと茶室にいます。それなりに気をつかっているようです」

阿礼は、籠手《こて》のほころびを縫った糸の端を、口で切った。

「ここに赤い糸印付いたのが、私の直した印」

向井の左肩に籠手を被せた。

「これを着て、お祭りに出て下さい」

女に死装束を縫われるなんて、まるで本物の武田侍ではないか。

（いや、俺はこの戦いに）

しかし彼は押し黙った。ここまで関わって、背を向けるわけにも行くまいという気が、ようやくしてきた。

夜の八時頃に全ての作業が終り、直会《なおらい》となった。大人には折詰めとビールが配られ、子供たちには菓子が振舞われてすぐに散会となった。

向井は長左衛門の私室に招かれた。四方板張りの納戸《なんど》部屋で、この季節になっても火燵《こたつ》が出してある。

「お客人、こちらへ」

長左衛門は太氏と火燵に丸まり、渋茶を飲んでいた。あれだけ嫌っていた「宗家」と、この寛《くつろ》ぎ振りは何としたことか。

（老人の考えはよくわからないな）

向井は誘われるまま、その掘り火燵に足を入れた。流石に火は使っていない。

「幸介君、最後の仕上げです。この仕事は君が適任だ」

太氏がメモ用紙をかざした。

「東京のアパートに、お電話をお願いします」

「はぁ」

「敵にこちらの位置を、正確に知らせておきたいのです」

向井はうなずいてメモを読んだ。地方局の電話番号と、村の偽装住所。予想する相手の質問等が個条書きに記されている。

「これに沿って会話していただければ良ろしいのです」

納戸部屋の隅に、布カバーの掛かった黒電話がある。

「念のため、あなたのポケベルも鳴らしてから」

向井はこれにもうなずき、片手ですす早く、数字を操作した。

数呼吸置いて、ダイヤルをまわす。

「夜分遅く、失礼します」

少し間があって、受話器の向うから、甲高い声が聞こえて来た。

「向井さん、向井さんね」

「はい、向井です。今、仕事先で」

「おばさん、びっくりしちゃったわよ。急にポケベルなんか鳴らすから」

管理人のおばさんは、相変らずの調子でまくしたてた。

「今どちら。お部屋の修理は、完全に終ったわよ。ここも物騒だからって、町内会で見廻りの会が出来てね。それはいいんだけど、隣の高田の爺さん、張り切り過ぎて腰痛めちゃって……」

どうでも良い事を長々語ろうとするから、向井はあわてて、

「すいません、これ長距離だもので」

「あら、そういえば声が少し遠いわね。それで、どちら」

「山の中です。住所を言ってもわからないと思います。いつもの通り、穴掘りでして。ところで警察の方は」

「あれからまた一度来たわよ。向井さんは被害者だっていうのに、何なのかしらね」

恐らく偽警官だろう。向井は注意深く用意されたメモを読んだ。

「また警察が来たら、俺は長野での仕事が片付いたら、戻ると伝えて下さい」

「あら、長野なの。それじゃ、すぐ切らなくっちゃね」

「御心配おかけしました」

「今の季節、夜は冷えるから風邪ひかないようにね」

ありがとうございます、と黒電話に頭を下げて向井は受話器を下ろした。

「上出来です。これで敵は、我々の位置を正確に摑むでしょう」

太氏が手を打った。向井は目を伏せて火燵の布団をめくり、足を入れた。

別に管理人のおばさんを騙したわけではないが、なぜか心が痛んだ。

そんな向井に、長左衛門が卓上の急須を取り、茶を入れた。

「すぐにやって来るかな」

老人は茶碗を向井に勧めながらつぶやく。

「それはないでしょう。この村が非合法活動の拠点であることは、敵も先刻御承知です」

太氏は、茶受けの煎餅を噛りながら答える。

「私たちが厄介な場所に逃げ込んだと、今頃は奴ら大騒ぎだ。慎重に準備の上でやって来るでしょう。まず、スカウト（偵察）が来る。本隊がやって来るのは三日後」

「楽しそうに申される」

長左衛門は、白い眉にシワを寄せた。

「女性や子供はどうするのです」

向井が尋ねる。

「分校は臨時休校ですよ。女たちにも弁当を持たせて、穴師《アナシ》山の山小屋に避難させます」

「キャンプ場ですか」

「左様な小洒落《こじゃれ》たものではありませんが、それが古くからの慣《なら》わしになっとります。むろん人質に取られる危険もあるため、充分な護衛も付けますです」

「古くから」

「諏訪四郎（武田勝頼）様、織田上総介《かずさのすけ》に攻められ賜いし時、我ら先祖が左様に定めた、と聞き及びます」

向井は年号計算をした。

（武田家が天目山で滅んだのが一五八二年だから……ざっと四百年以上か）

太氏は澄まし顔で茶を啜っている。伝統云々を言うのなら、うちは西暦七百年代、天平時代だぞ、と思っているのだろう。

しばらく三人が、そんな調子で火燵に入っていると、阿礼が太氏を迎えに来た。

向井もこれを潮に老人の部屋を出る。太氏へ肩を貸して外に出ると、雨は止んでいた。

「車椅子を組み立てておきました。お乗り下さい」

阿礼が太氏の身体を車椅子に移すと、

「意外に百足衆もずさんなものですね」

何の事かと向井が訝《いぶ》かしむと、太氏が声をあげて笑った。

「監視の者の気配がありません」

「そういえば」

「戦いが迫っていますからね。見張りのヒトだって、家族と過したいのでしょう」

事態がここまで進めば、もはや監視の必要も無い、と判断したのかもしれない。

「あなた方は、少しこのあたり、散歩でもなさると良ろしい。私は一人で部屋に戻れます」

「でも」

阿礼が車椅子の把手に手をかけたが、その指先を軽く叩いて、太氏は電動のスイッチを入れた。

軽い発進音とともに、車椅子は広場を去って行った。

残された二人は、太氏の後姿を見送った後、しばらく無言でその場に立ち尽した。やがて阿礼が、

「周辺を少し歩いてみましょうか」

乾いた声で言った。

「えっ」

「ここは戦場になるんでしょう。どこに何があるのか確認しておくのも、悪くありません」

「あ、ああ、そうだね」

向井はどぎまぎした。阿礼が彼の右腕に手をまわして来たからだ。柔らかな胸の膨らみが、彼の上膊部《じょうはくぶ》に当った。

反射的に身を引こうとした向井へ、彼女はささやく。

「しばらくこの格好で歩きましょう。先生はああおっしゃったけど、監視の眼は緩んでいないのかもしれません」

(恋人同士に見せれば、相手も油断するというのだな)

安易な手だが、別に悪い気もしない。向井は、阿礼の歩幅に合わせて歩き出した。

東京ではこの時期、雨あがりの晩はさわやかだが、山間のこととて少し肌寒い。

阿礼はなおも身体を押しつけてくる。

「寒いですか」

「長老の部屋に、火燵のある理由がわかったわ」

「星が出てますよ。明日は晴れます」

もっと気のきいた会話が出来ないものか、と向井は思う。

「奴らが来るとすれば、夜ね。地の利を心得たこの人々には有利でしょうけど」

阿礼は広場へ敷かれたレール状の筋を、靴先で蹴った。

「軌道は、裏山に続いてます。今は廃坑になっている横穴に、引き込み線が入っているみたい」

「ここらのことだから、水晶でも掘っていたのかな」

「そうでしょうね。今は坑道にお祠《やしろ》があるみたい」

「お祠ねえ」

向井も阿礼の真似をして、レールの接ぎ目を蹴った。

「武田金掘り衆が坑内に祀る神といえば、毘沙門天《びしゃもんてん》か、御使い神の百足だな」

武田の穴師金掘りが、百足衆と呼ばれる所以《ゆえん》もそこにある。百足は暗い坑道に住み、一般人はその凶々しい姿に恐れを抱く。

「武田信玄は、金掘り衆の戦闘能力を高く評価して、その子弟を使番に使った」

使番とは戦場の指揮に欠かせない連絡将校で、時に大将と同じ権威を持つ。

「その使番の旗印が、グロテスクな百足だった。昔、甲府の信玄公祭りで、見たことあるよ」

「幸介さん」

阿礼が彼の唇に、自分の人差指を当てた。

「これから大事な話をします」

「……」

向井は一瞬、身を固くしたが、彼女の口から出た言葉は意外なものだった。

「塚口和哉さんのことです」

向井は落胆した。何事かを期待した自分がバカだ。闇の中で、自分の表情がわからなかったのは幸運と思った。

阿礼は相変らず胸の膨らみを彼の腕に押しつけていたが、少し正面を向いたようだ。

「和哉氏は、思いのほか、策士《さくし》でした」

「俺の友人にひどい言い方だ」

「彼は先生や私と親密な関係を築いていたかに見えましたが、最後の最後、見事裏切ってくれたのです」

この娘は突然、何を言い出すんだ、と向井は息を詰めた。

「幸介さん、あなたは下谷から出土した遼河隕石の大部分が未だに行方不明なのを、どう思われます」

「他の出土品に交って、東京都の埋蔵品保管センターにでも入ってるんじゃないかなあ」

「少しおかしいと思いませんか」

人一倍、勘の鋭い塚口和哉が、そんな迂闊な真似をするわけがない。G機関もそうとわかれば真っ先に保管センターを襲うだろう。しかし、左様な兆候は無かった。

「その理由はわかるよ。俺が隕石の最終保管先と、G機関が推理したからだ。たしかに疑われる行動を取り過ぎた」

隕石の微細な断片を、塚口の指定するままに受け取り、組織がマークしている太氏のもとへ運んだ。

「あなたの一連の行動で、目的の品は東中野にあるとG機関員は睨んだのです。我々が逃避行を開始したことで連中は、隕石が我々の手にあると、確信を持ちました」

阿礼の声は、前にも増して低く、乾いて聞こえた。

「幸介さん。塚口和哉氏は死の直前——おそらくごく普通の郵便小包みで、隕石をここに送ったのです」

「個人が所持するより、村で保管した方が安全と考えたんだな」

「私たちを囮《おとり》にして、ね」

阿礼は、くぐもった笑い声を出した。

「しかし私たちも馬鹿じゃない。追い詰められた振りをして、この村に駆け込みました」

最初、太氏に対して長左衛門以下村人が、異様なまでに敵意を見せたのも、予想外の事態に戸惑った結果ではないか、と彼女は言う。

「先祖以来の、宗家分家の争いは建て前だったんだな」

「ええ、彼らの態度で確信を持ちました」

向井は闇の中を見まわした。

(隕石があるとすれば、一体何処に)

その時、前方に人の気配を感じた。

「やはり監視はいたな」

向井がささやくと、阿礼もしばらく耳を傾ける気配だったが、

「ちょっと違うかもしれません」

広場の端、向井たちがランクルを停めた駐車場裏の茂みあたりだ。

「敵の偵察かも」

二人は腕を組んだまま、気配のする方に忍び寄った。

微かに湿り気を帯びた声が聞こえる。若い女の声だ。

目を凝らすと、星明りの下に男女の睦《むつ》み合う姿が浮びあがった。

「田舎だなあ」

「野合《やごう》というものね」

阿礼は身じろぎもせず、その姿を凝視している。彼女が夜目のきくことを、向井はしっかり覚えていた。

「邪魔しちゃあ、悪いよ」

向井は強い好奇心を示す阿礼を、その場から引き戻した。

二人は足早に茂みから離れた。どちらかが言うこともなく、ランクルの前に立つと、阿礼がドアを開け、後部座席に腰を下ろした。

「さっきの二人。男性の方は、幸介さんの監視役ね」

「あの茶髪の兄《あん》ちゃんか」

「女の子も、すごく若かった」

「しっかり見てるんだね」

阿礼は笑った。

「戦国末期の女性の聞き書きに、合戦直前の夜、気の高ぶった男女が睦み合う事は、ごく自然の事と書いてあったわ」

「『おあむ物語』の異本かな。エロスとタナトスだな」

「そういう衒学趣味は口にしないで」

車内に阿礼の発する、なまめかしい匂いが充満した。

（最前目にした男女の痴態が、引き金になった）

そのあたり、あまり察しの良くない向井だが、彼とて生身《なまみ》の男だ。黙って阿礼の上体を引き寄せると、彼女は自らの唇をそっと重ねてきた。

阿礼の肩へまわした向井の手に、小さな震えが伝わる。

この状況に気が高ぶっているのか。来たるべき戦いの恐怖を忘れようとしているのか。

やがて、車内に衣擦れの音が微かに響いた。

（太氏は、気をきかせて早々に引き取ったに違いない）

向井は、阿礼の身体を、さらに強く引き寄せた。

八章　百足衆の祭

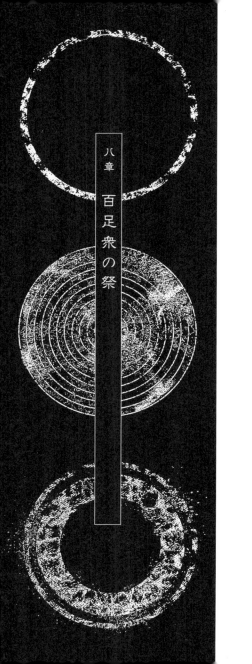

朝が来たが、村に異常はない。祭りの装具は公民館の中で整理され、人々は何事でも行動を起せる態勢で、日常生活に戻った。

男たちは、産物である漬物や菓子を清里に運ぶ。老人たちはゲートボールにいそしんだ。どこにでもある、周辺観光地に依存する村落の姿を、人々は演じていた。

ただ良く見ると、そこには女性が極端に少なく、分校では子供の声も響かない。

向井は、ランクルから外してきた「スーパーベル880H」を、ひねくり回して暇をつぶした。

「こんなもんが、俺のアパート代ひと月分もするのか」

ケースの蓋を取ると、価格シールと簡単な説明書が貼り付けられている。輸入元のメーカーが入れたものらしく日本語で書かれていた。

「『この880Hは、水平偏波（地面に平行して発せられる電波）が一キロ手前で反応。垂直偏波（地面から縦に出る電波）の有効反応は三百メートルです。Xバンド（警察の取締機の波長）を受けると、ランプが点灯、警告音が連続して発せられます』か」

ビルの防犯装置等の雑電波には警告音も短く、断続的であること。パトカー搭載レーダー、ケーブル二点間計測機、光電管レーザーには反応しないことなどが記されていた。

「なんだ。他に有効なのは、オービスや移動式のパルス波レーダー程度か」

高価な割りには、あまり使い勝手が良くない。

「まあそれでも、移動式の円偏波レーダーに有効なのが救いか」

車の懐中電灯を壊して、銅線を抜き、電池ボックスに接続した。ハンダは無いが、この程度ならセロハンテープで何とかなる。

意外と手間取ったが、作業が終りほっとしていると、塚口信哉が大きな身体を揺すりながら部屋に入って来た。

「何をおやりです？」

「敵が通信器を使った場合に備えて位置探知機をちょっとね」

「皆さん、勤勉ですな」

信哉は感心とも嫌味ともとれる物言いをした。

「先程、一ノ瀬嬢の部屋の前を通りましたが、ピーガラガラという音がしきりに聞こえてきました」

この時代のパソコンは（前にも書いたが）内蔵のモデムを電話回線に接続し、奇怪な音を立ててサーバーにつなげる。

ただしこのダイヤルアップ接続は、つないでいる間中、ずっと通話料がかかる。外国のサーバーにアクセスすれば、とてつもない電話料金を請求されるのだが、

（裕福な村と見てやり放題なのか。パソコン通信を使うことで、敵に存在を示そうという気か）

阿礼と情を交した後、彼女が何をしてもただ可愛らしく思えるのは、我ながら不思議な事だと向井は思う。

「宗家も、朝食の後は人を寄せつけず、御一人で執筆活動をなさっておいでです。我々はあの方を少し誤解していたのかも知れません」

信哉はシャツの懐から、黒光りする拳銃を一挺《ちょう》取り出した。

「これをお持ち下さい」

「いや、私には必要ありません」

「敵が迫ればどういう事になるかわかりませんよ」

信哉の体温で少し温まったその拳銃は、トカレフＴＴに見えたが、何処にも刻印がない。

「これは中国製ですね」

「ええ、お使いになったことがお有りかと思って」

向井が中国奥地で働いていた頃、一度だけ発掘隊から拳銃を支給された。中国政府は否定するが、その頃の黄土地帯では少数民族の山賊が跋扈《ばっこ》していた。向井も友人和哉も、一応の取り扱い教育は受けている。

「一ノ瀬さんたちには」

「あの人たちは我々にとって敵ですからね」

一挺だって渡すものですかと言って、信哉は戻って行った。

向井は苦労してその固いスライドを引いた。薬室に七・六二ミリ弾が一発入っている。

向井はあわててマガジンを外す。スライドを引いて弾を抜いた。トカレフにはちゃんとした安全装置が無いことを知っていたからだ。

午後になって、また佐久署のパトカーがやって来た。

訳知りの警官が一人だけで、あの小うるさい若僧は乗っていない。

村人の一人が対応に出た。向井は部屋の中からその様子を眺めた。

村人が長老のもとに走り、主だった者の非常呼集があった。

向井も呼ばれたが、やはり太氏と阿礼は外されている。

「これは警察の方も確認を急いでいるのだが」

長左衛門が、ニュースを伝えた。

「……長野、山梨、群馬、埼玉の各暴走族が、清里の近くに集うという事だ」

その規模が尋常ではない。二輪、四輪合わせて推定三百台と警察は見ている。

「もし、この集会が始まれば、国道はマヒする。恐いのは、彼らが日頃は県境を境にいがみ合っている事だ。些細な喧嘩から暴動に発展すれば、周辺の物流も分断される、と所轄の多田さんも申しておったげな」

隅で聞いていた向井は、多田の名が出たことで、納得した。

(やはり、あの中年警官も、この村の縁続きか)

「危険回避のために、当村の『祭』を少し延期した方が良い、と多田さんは申されるのだが」

長左衛門は苦笑した。傍らに座った塚口信哉が、たまらぬといった風に膝を叩く。

「この大変な時に全く間の悪い」

「だいたい、ここで暴走族の大集会など、一体誰が言い出したんでしょう」

村人の一人がわめいたが、長左衛門は彼を制した。

「数日前に野辺山の高原道路で事故死した、族の頭の弔《とむら》いらしい。しかし、集会を呼びかけたのは東京の某ラジオ局だという。携帯やクチコミでたちまち近県に伝わったと申す」

向井の横に座った村人が、自分の首から下がった折り畳み携帯に触れて、

「族も携帯を使う時代が来たんですなあ」

向井はそんな人々の顔を見まわして、おずおずと右手をあげた。

「発言、良ろしいでしょうか。少し気になる事が」

「何かな、お客人」

長左衛門が許すと、向井は皆の方に向き直った。

「十数年ほど前になるでしょうか。アフガニスタンにソ連軍が侵攻した頃、パキスタン国境でゲリラが捕虜にしたロシア人特殊部隊員をアメリカが引き取り、ディエゴ・ガルシアに護送する作戦があったそうです」

空軍機に捕虜を乗せ、途中東京横田基地で給油着陸したが、捕虜が隙を見て脱走した。

「相手はロシア人の特殊部隊員。基地内は非常事態態勢となりましたが、間の悪いことに、地元では基地返還運動の真っ最中だ。大規模に部隊を動かせない」

そこで軍の知恵者が、地元の暴走族を扇動した。周辺で騒ぎを起させ、住民や警察の目を外らせることに成功した。

「ロシア人は射殺され、事態は終息したかに見えましたが、情報は洩れました。大手マスコミが沈黙する中、新宿の三流週刊誌一誌だけが、これをスッパ抜いたのです」

「向井さんは何処でそれを」

信哉の問いに、彼は少し恥しそうに答えた。

「近所の、コンビニの雑誌コーナーですよ。八十年代にはエロ週刊誌にも骨のある編集長がいたんです。まあ、後に彼は面影橋の下で浮いていたそうですが」

「G機関が同じ手を使おうとしているとでも」

「はい」

信哉が向井の話を引き取って、

「G機関は、在日米軍内に巣食うカルトです。一度成功した手を再度使わぬ手はない。県警は、暴走族鎮圧を口実に、奴らの侵攻に忖度すると思われます」

「良いじゃあありませんか」

向井はにっと笑った。

「敵はこちらの戦闘能力が、これほどとは思っていない。彼らの隠蔽工作は、我々にとって逆に有利です。公権力の眼を気にせず、自由に彼らを殲滅できるのですから」

「なるほど」

長左衛門は、大きく首を振った。それから、口をつぐみ、まじまじと向井の顔を見て、

「お客人。昨夜と少し骨相が変って見える。失礼だが、何か心境に変化でもありましたかの」

（この爺さん、知ってやがるな）

向井は俯いて小鼻を掻いた。闇の中でうごめく阿礼の肢体が脳裏に浮び、それをあわてて打ち消した。

「暴走族騒ぎをきっかけにして、敵は攻め寄せて来る。決戦は間近と見て良いと思います」

向井の言葉に、皆は賛同の印として膝を叩いた。

晩春の穏やかな日々が続いている。

向井は村内を自由に歩きまわる事が出来た。これも長老の長左衛門に気に入られているせいだろう。

時には穴師山の、山小屋へ食料を運ぶ隊列にも打ち交った。

そこは夏休みの林間学校と全く変りがない。子供たちは面倒を見る女たちの言うことを良く聞き、食事のまずさにも不平ひとつ唱えなかった。

逆にその素直さが、向井に強い違和感を感じさせた。

女たちは村にいる時と同じ様に振舞っていたが、その服の下には皆、小型のサブ・マシンガンを下げていた。

食料を引き渡して戻る時、林道を通る。そこには狭軌（一・四三五メートル幅）の線路が幾つも交差していた。

皆、穴師山の山腹に伸びている。

（廃坑がある）

トロッコの軌道はほとんどが錆びつき、最近使用した形跡はなかった。

村に戻ると向井は公民館に入った。乱読家の彼は、本無しではいられなかった。村史（むろん内容は嘘で固められている）や長野・山梨の観光案内、武田家関係の資料を読んで過した。時間が来ると入浴、食事。

そして深夜、駐車場で阿礼との逢瀬《おうせ》を楽しんだ。

あれから一日も欠かさず、二人は同じ時刻に逢い、その日得た情報を交換し、身体を重ね合った。

（二人とも、ひどい荒淫振りだな）

阿礼も日を重ねるにつれ思いもかけぬ痴態を見せるようになって、時に向井を翻弄した。

（こうした行為も、長左衛門さんあたりには筒抜けなんだなあ）

向井が気になる事は、他にもある。

「太氏の体調が良くない？」

「御存知の通り、センセイは蒲柳《ほりゅう》の質《しつ》（虚弱体質）ですけど、一昨日から食事に手をつけることもなく」

一日中寝床に入っている。夜間、僅かに起きて書き物をしているという。

「それは、一種のハンガーストライキじゃないのかなあ」

もっとうまい食事を寄こせ、とゴネているのだろうと向井は笑った。

「私も初めそう思ったのですが、起きている時、呪文のようなものを唱えているんです。あのような先生は、初めて見ました」

「呪文、ねえ」

ただの有識者としてはおかしいが、宗教学者なら考えられぬこともない。

（そもそも太氏は、何が専門の学者サンなのだろう）

「俺が、お菓子でも貰って来ようか」

向井は提案した。

「カロリーの高い物を急速に入れれば、気力も回復する。山登りの心得と一緒だよ」

「お願いします」

阿礼はこくりと首を下げた。


次の日の昼過ぎ、村の周辺は喧噪に包まれた。

国道や脇道に、大型トラックやバスが灰色の車列を作っている。

パトカーに先導されたそれらは、全て県警の人員輸送車だった。

長い待機に倦み始めていた村人は、誰もが長左衛門家の庭を眺めた。「祭」の開始を告げる花火が、そこから打ち上る手はずになっていたからだ。

向井は昼食を終え、いつものごとく公民館にいたが、合図を待ちきれぬ人々が次々に入って来るため、落ち着いて読書も楽しめない。

弾き出されるようにそこを出て、広場に向った。村の外郭道路を走る機動隊の車輛群は、彼の、学生時代の暗い記憶を甦らせた。

(こんなもの、馬鹿っ面《つら》下げて見物することもあるまい)

戻りかけて、ふと生垣の境に目をやれば、車列から離れたパトカーが一台。隠れるように停車するのが見えた。

若い警官が降りて来る。それを見た向井は、

(あ奴か)

村の祭りにあれこれ因縁をつけていた、多田巡査の同僚である。

若い警官は、別に身を隠す風もなく、堂々と公民館の裏に歩いていく。向井も急いでその後をつけた。

公民館裏手の倉庫が武器庫になっていることは彼も知っている。

(止めよう)

村の重要施設である。当然見張りも立っている。警官はしかし、ごく自然な素振りで見張りの村人に近づくと、二言三言、言葉を交した。

突然、サンドバッグを打つような低い音が轟き、見張りの村人が倒れた。走り寄った向

井は足を止める事もなく、警官の背にぶつかっていった。

二人は無言でもみ合い、地面を転げまわった。警官は手にした銃のようなものを向井に向ける。間一髪、彼は手近にあった石塊を摑んで、敵のこめかみに叩きつけた。

二度ばかり打つと、相手は動かなくなった。

向井は大声で人を呼んだ。

数人の男が駆けつけてくる。

「何があっただい」

たちまち人垣が出来た。見物人を掻き分けて塚口信哉が現われ、倒れている二人の首筋に手を当て、それから向井を抱き起した。

「二人とも死んでる」

「村の人を射ったのは、そのおまわりだ」

「警官にしては、とんでもない物を持っていますね」

信哉は落ちている黒い物体を拾いあげた。小さな本体に太いパイプが付いた不格好な銃だ。

「これは消音拳銃らしい」

「たしかに音は低かったよ」

信哉は死んだ警官の衣服をあちこち探り、丸いものを摑み出した。

「エッグだ」

村人の間で悲鳴に近い声があがった。

「ＢＧＤ５。卵型手榴弾。日本国の警官が持つものとも思えません」

信哉の声は震えていた。

「弾薬庫に投げ込まれていたら、大ごとでした」

「こいつもＧ機関の」

「そうでしょうね。所轄の内部にも工作員がいたということです」

信哉は説明するが、向井は半ば上の空だった。

村人たちが戸板を持って来て、ふたつの死骸を運び終えた時、長左衛門の屋敷からピンク色の昼花火が打ち上った。


公民館の大座敷は、祭り衣装の着付けでごった返していた。

草鞋《わらじ》の鼻緒を水で濡らす者。袴の前後がわからず叫び散らす者。その中で物慣れた老人たちは早々と鎧の上帯を締め終え、炊き出しの握り飯を頬張っている。

「本当の祭礼みたいだ」

向井がつぶやくと、傍らに座っていた甲冑姿の老人が、

「そうさ、お客人。古くからここの百足衆は」

自分がまとった鎧の胴を叩いた。そこには曲りくねったムカデの紋様が描かれている。

「……合戦と祭礼の区別が無え。だから特定の日に催すことも無いのだ。村の長老がここ

と決めた日に始めるだいね」

そのため一般に公開されることもなく、見物人も入れない。

「祭りの場にいるのは参加者だけさ。そして不参加は許されねえ。お客人も早く装具を身につけろィ」

言われるまま、そこにある衣装を手にした。老人たちが集って来て彼を素裸に剝き、筒袖、小袴《こばかま》、脚絆《きゃはん》を着けていく。

（おもしろい。戦い即祭礼か。タイの山岳民族やチモール島の先住民と一緒だ）

男たちが着飾って武器を持ち、歌いながら蜂起する。原因は、隣村との諍《いさか》いであったり、農作物の略奪であったりする。数年前、ニューギニア低地でも大規模な祭礼戦闘があり、オーストラリア政府が介入したという。

（この村は、古来の南方習俗を濃厚に残しているのか）

これはおもしろい発見だった。武田金掘り衆の金属採集技術が中国、朝鮮半島を伝わって来たものではなく、南方起源の可能性が出て来たからだ。

彼がにやついていると、着付け役の老人が見とがめるように言った。

「お客人、祭の参加がそれほど楽しいかね」

「映画のエキストラに出るみたいだ」

「長野県はそれほどでも無えが、山梨に入ると、こんなのを着る祭は別に珍らしく無えよ。だけどな」

着付け役の老人は、少し悲しそうな顔をした。

「俺たちゃ、こんな派手な格好して、実戦部隊の囮《おとり》になるんだ。後の事考えたら、とてものこと、おもしろがっていらんねえ」

「ふうん」

向井はなぜか安堵した。この異常な状況を冷静に分析する村人もいることがわかったからだ。

着付が全て終った頃、公民館の館内放送が、

「祭りの宰領は、集合するように」

と告げた。向井も指示に従って裏口に行くと、村の首脳陣が待っていた。

皆同様の赤備《あかぞな》えだが、老齢の長左衛門だけは重い装束に身体が堪えられないのか、小袖に赤い袖無しを羽織っている。

「皆の衆、おめでとう、おめでとう」

一人一人の肩を叩いた。正月でもないのにこの挨拶は、出陣の際の決まり言葉であるという。

「先刻、多田さんから情報が入った。暴走族の集団は集いつつある。警察は機動隊を投入したが、押さえがきかぬようだ。我々は予定の行動を粛々《しゅくしゅく》と遂行するのみ」

「応《おう》」

低く答えて、宰領の男たちは散っていった。向井は宿所に走る。支給されたトカレフと、

隠してあった梱包爆薬を、合切袋《がっさいぶくろ》に入れて腰に下げた。

出ようとすると、阿礼に行き当った。

「こんなもの着させられたわ」

赤地錦の鎧直垂《ひたたれ》に白鉢巻を締めている。

「まるで絵本の桃太郎さんだ」

「それ、褒めてるのかしら」

「似合ってるよ。ところで、先生は」

太氏の様子を聞くと、阿礼は唇を曲げた。

「私にはこういうものを着せておいて、御自身はラフな格好。ステッキ突いて、写真撮りまわってます」

「まさに極楽トンボだね」

結果としてこの危うい状況を作り出しておいて、自分は傍観者を決め込んでいるのは、いかがなものかと向井も思う。

阿礼が空の一角に目を移した。

「ヘリコプターね」

「県警の偵察ヘリかな」

「色がブルーじゃない。報道かもしれない」

目の良い阿礼は、小手をかざした。

「あ奴らだよなあ。おもしろ半分に暴走族を焚きつけてるのは」

向井は音のする方角に右手の中指を立てた。その下卑たジェスチャーに、阿礼は何も言わなかった。

何の合図もなく、祭りは突然始まった。古式の祭礼や音曲《おんぎょく》はもともと、そのようにして始まる。

雅楽なども、音合わせの後に龍笛《りゅうてき》の楽師（音頭取り）が唐突に曲を始め、他の楽師は調子を合わせていく。

広場の中央に鎧武者が並んだと見るや、一人の後見役が火縄に火を移していく。すると、大柄な武者が、抱え大筒の先を空に向け、ドンと放った。

むろん空砲だが、黒色火薬だから盛大に白煙があがる。

これを見た後方の武者たちが列に連なり、端から発砲していく。つるべ放ちである。

向井も阿礼も、衣装こそ身につけているが直接の参加者ではないから、主催者席の端でただ漫然と火縄銃の「演武」を眺めていればよい。

（勇壮な祭だけれど……）

その音や煙で、初めの頃こそ驚かされたが、同じ所作の繰り返しで、向井はすぐに飽きてしまった。

阿礼も同じ思いらしく、最初のつるべ放ちが済むと、主催者テントの中に籠ってしまった。

上空を飛ぶ報道のヘリコプターは、発砲煙があがるたびに高度を下げてくる。

(上から見る演武は、また格別なものだろうな)

阿礼はと見ればデジタルカメラでしきりにヘリの動きを撮っていた。それを立ちあがりの遅いパソコンに取り込んで、何やら操作していたが、すぐに向井を手招きした。

「……」

火縄銃の一斉射で、彼女の声が掻き消された。

「何だって」

向井が大声で問い返すと、彼女は上空を指差した。

「……」

パソコンに拡大画像がアップされている。銃声が止んだ。

「これ、変なのよ」

どう見ても報道のヘリではないという。

「報道の空撮なんて、だいたいが契約会社だ。自社ヘリを使うのは、公共放送か一部の大手新聞社くらいだ」

何が不思議なものかと言う向井の鼻先で、阿礼は画像をさらに拡大した。

「機体番号がどこにもないの」

さらに機体の下部には球形の物体が附属している。

「ジャイロ式の無人カメラかな」

「ガン・ポッド（自動式銃座）かも」

「報道に化けた敵の偵察機か」

阿礼は無言でうなずいた。

「塚口氏に伝えようか」

向井が立ち上ると、その肩を軽く押さえる者があった。いつの間にか太氏が背後に立っている。

「すでに彼らは気付いているらしい」

奥の武器庫から、幾つかの木箱が運び出されている。それを運搬している人々は、和装だが、鎧をまとっていない。

「どうやら連中が、本当の『戦闘員』らしいですね」

彼らは主催者席のテント裏で箱を開けると、パイプ状の物体を取り出し、素早い動作で組み立て始めた。それはテレビカメラの三脚にも似ているが、接地部分だけが異様に大きい。

向井は出来上りつつあるそれを観察していたが、あっと声をあげた。

「あれは銃座じゃないでしょうか」

「そうらしいですね」

頭上に発砲しようというのだろうか、ここで軽々に事を起しては、後の作戦にも支障をきたす。何よりも今、ヘリを広場に落とせば大惨事になる。

向井が止めに走ろうとすると、太氏が止めた。

「塚口さんが行きました」

何処からか信哉が現われた。作業の者らを叱りつけると、銃座にブルーシートを被せた。

「どうやら彼が本作戦の実質的指導者のようですね。まあ、長左衛門さんは御歳ですし」

太氏は急ぎ足で去って行く信哉の、大きな背中を眺めた。


状況が変化し始めたのは、午後も遅くなってからだった。

祭礼の火縄銃演武も終りに近づいている。銃刀法では、手元が暗くなった時点で操作不能、中止と定められている。

「まだ、夜の部があるぞ。気ィ抜くな」

誰かが叫んでいたが、公民館の中では、早くも重い装備を外して身体を拭う男たちで一杯になった。

太氏は硝煙と汗の臭いが充満する室内を、ステッキをつきながら歩きまわっている。

「幸介君、既成の歴史観というのが、いかに疎漏なものか、これを見てもわかるでしょう」

畳の上に置かれた煤だらけの火縄銃の前にしゃがみ込んだ。

「世の訳知りたちは、武田家が騎馬を重視し、鉄砲を軽んじたために長篠で敗北した、などと単純に言う。しかし、当時の最先端技術、南蛮灰吹き法で金採集を行っていた金掘り衆を擁《よう》していた同家がさほどに愚かだったとは思えません」

「ええ、敗北は地政学上の問題ですね」

向井はうなずく。

「武田家は内陸部にあって『陸封《りくふう》』されていました。結果、輸入に頼っていた硝石が枯渇し、織田家のような火力重視の兵制がとれずに終ったのですね」

太氏は大きく首を振った。

「そう。しかし百足衆だけは、灰吹き法による煙硝の自家製造を試みていました。だが、その生産が軌道に乗る寸前、武田家は滅亡しました。その無念さが、かくなる祭りを現代まで続けさせているのでしょう」

朝からの演武で消耗し切っている人々は、彼の声も聞こえぬのか、車座になり「武田節」など唸っている。

そのうち、座敷の隅でどよめきがあがった。

「おい、映ってるぞ」

「すげえな」

テレビを囲んで、あれこれ言い始めた。演武のニュースか、と向井が覗き込むと、それは暴走族関係の報道であった。

「これは野辺山の公園駐車場だ」

「こっちは清里のペンギン・カフェ前だな」

路上で無数の車が炎を吹きあげている。警察は、族の各組織を国道上の各拠点に分散させようとしたが失敗した、とニュース解説者が叫んでいる。

「G機関の扇動能力は、筋金入りですからね」

太氏もテレビ画面を覗いて、ほうほうと声をあげた。

「どうです。昨年にパリやデトロイトで発生した、異人種間暴動の再現ですよ」

向井は上空から撮られた機動隊の放水や、揃いのツナギ服姿で旗を振る少年少女の姿に、同世代であった頃の自分を重ね合わせ、

(何にせよ、元気なものだ)

向井の大学時代、学生運動は内ゲバと称する内部抗争すら下火となり、冬の時代に入っていた。機動隊の装甲車など、新年参賀の交通整理で時折見かけるばかりだった。

(つまり、こちらの戦機は熟しつつあるということだな)

腰の袋に収めたトカレフを、向井は掌で押さえた。

テレビを見ていた太氏は、ニュースが終わると、また何処かに消えてしまった。

(あの人の動きは摑めない)

腹が減った向井が茶受けの煎餅など嚙っていると、阿礼が彼の前にどっかりと腰を下ろした。

「血が」

向井は彼女の薄い頰に散った血飛沫に目を止めた。着用している赤地錦の直垂にも、あ

ちこち裂け目がついている。

「心配しないで。これ返り血です」

敵がすでに浸透して来ているという。

「殺《や》っちゃったの？」

「一人は。もう一人は生かして本部に引き渡しました」

お見事とも言えず向井は、卓上に置かれた渋茶を阿礼に差し出す。彼女は豪快にそれをあおって、

「これで一宿一飯。客分としての仕事は済ませたわ。ところで先生は」

「ついさっきまで、そこにいたけど」

「相変らずね。敵が来たら……」

と、阿礼がつぶやいた刹那、どんと鈍い音が轟き、北西の山際が赤々と輝いた。

人々が休息場所から飛び出して来る。そして我勝手に叫び散らした。

「すごい火だな」

「位置から見て、あれは美《うつく》しの森にあるプロパン（ガス）の集積所だいね」

「族の奴ら、ガスボンベの倉庫に付け火したか」

消防車のサイレンが、山々に響き渡る。

「皆かたまれ、これを合図に敵が来るぞ」

塚口信哉の声がする。それまで遠くに聞こえていたヘリの音が一段と高くなった。

「西の空だ」

ブルーシートが剝がされた。隠蔽されていた銃座へ、数人がかりで軽機関銃らしきものが据えつけられる。

夕闇に黒く浮びあがる権現岳の脇から、数機のヘリが真っ直ぐに進んで来るのが、向井の目にもはっきりと映った。

機関銃がセオリー通り二点射、三点射を繰り返していたが、ヘリがさらに接近すると連射音に変った。

(なんか、昔見たベトナム戦争の映画みたいだな)

向井には未だそれが、非現実的な光景にしか思えなかった。

しかし、それも一瞬の事だった。ヘリの側面が光ったと見るや火箭《かせん》のようなものが走り、機関銃座が吹き飛ばされた。

向井も周囲の村人も、あわてて伏せる。ヘリはその間、着陸体勢に入った。広場の砂塵が舞い上り、祭りのテントが引き倒されていく。

「敵を降ろしちゃなんねえぞ」

「散らばられたら、面倒だで」

人々はわめくが、頼りの対空銃座をつぶされては、手の施し様もない。

あわや、という時、物陰から出て来たのは大柄な鎧武者だ。祭りの始まりに抱え大筒を放った壮漢であろう。

「みんな。どけ、どけ」

仁王立ちのまま、手にした大筒をどんと放った。あと少しで着地しようとしたヘリは、ターボエンジンを射抜かれて、爆発炎上した。

「どうだ、見たか」

しかし、鎧武者もただでは済まない。上空にいたヘリの僚機が即座に地上掃射する。彼の身体はボロ切れとなって四散した。

「ここにいると危ない」

向井は建物の陰に逃げ込んだ。さらに短かく地上掃射が続いたが、不利と悟ったものか、残り三機のヘリは、裏山に飛び去った。

「追い払ったか」

誰かが言った。

「いや、違う」

震える声で答えたのは、塚口信哉だ。

「あの方向には、穴師山の山小屋がある。奴ら……」

子供たちを人質に取るつもりだ、と言った。

「ちっ」

向井は舌打ちすると、着ていた鎧の高紐を切って、身軽になった。腰袋ひとつ手にすると山の方に駆け出した。

山道は食料を運搬した時に記憶している。木の根に躓つまずき、斜面を這い登り、僅かに開けた平地に出ると、ヘリが着陸していた。

真っ黒な機体のどこにも機体番号がない。

（色恋《いろこい》だ）

ベトナム戦の小説に必ず登場するＵＨ１イロコイの名を、向井はそんな風に覚えている。

（見張りだな）

ふたつの人影が見えた。向井はトカレフのマガジンを、そこで初めて装填した。しかし、相手を倒す自信が無い。急いでその場を離れた。

軽く乾いた銃声が、連続して聞こえてきた。

（山小屋の方角だ）

子供を守る女性たちが発砲しているのだろうか。向井は茂みの中を移動した。

最初の死骸を発見する。一度、言葉を交したことがある村の中年女性だ。銃創の他、首筋にも刃物疵がある。止《とど》めを刺されたらしい。

向井の中に猛然と殺意が沸き起った。トカレフのスライドを引いて、前進する。

戦場で目標を失えば、まず銃声の方向に移動せよ、とはナポレオンの言葉だが、彼もその通りにした。

連射音が次第に大きくなって行く。やがて山小屋が見えてきた。

小屋の窓から銃火が瞬き、周囲の茂みから布団を叩くような低い音が響く。

（敵は皆、サイレンサーを使っている）

向井はさらに移動した。殺意はさらに強いものとなっていく。

最初の敵は松の木の根元にいた。暗いためによくわからないが、ゴチャゴチャと装備を身につけた大柄な奴だ。

（こいつ、プロじゃない）

身動きが緩慢で、射ち終った銃の再装塡にも手間取っている。

向井は接近し、後から首を締めあげた。しばらく揉み合っていたが、やがて相手は動きを止めた。首筋に指を当てると、脈が感じられない。

向井は、別に動揺することもなく、敵の銃を奪った。

（今は考えないことだ）

人の死を、である。まず山小屋で戦う女性や子供たちを助けねばならない。

（それにしても、村の連中は何をしているんだ。俺一人で戦えというのか）

救援の部隊が到着する気配は、微塵も感じられない。

向井は銃声のする方向へ、なおも進んで行った。

腹這いになり、灌木の隙間を縫って行く。と、同じように斜面を移動する人影を発見した。十メートル先には山小屋の屋根が覗いていた。

（死角から接近するつもりだな）

向井は、無防備なその背に接近し、奪った銃の引金を引いた。

数発の弾丸が命中し、その上半身から埃のようなものがあがった。駆け寄って止めを射ち込もうとしたが、その必要はなかった。

一発が後頭部を貫通している。向井はそ奴の所持品を探った。日本製の携帯無線機を持っている。胸まわりは防弾ベストのおかげか、弾は全て止っているようだ。

(サイレンサー用の弾は、威力が乏しいんだな)

これはちょっとした発見だった。さらに死体の腰を探る。丸い手榴弾がふたつ、ベルトに付いていた。何かの役に立つだろうと、これも懐に収めた。

行きかけて、ふと思いつき、死体からベストを剝いで身につけた。鎧直垂の上に防弾服とは珍妙極まり無い格好だが、万が一の用心である。

しかし、向井はがさつに動き過ぎたようだ。茂みの中から、数発の弾丸が襲って来る。

(見つかった)

その内の一発は奇妙な飛翔音を残して、ベストの肩先を掠《かす》った。

暗がりを手探りで移動し、僅かな窪みに身を寄せた。頭上を無数の弾が飛び交う。

(まわり込まれたな)

完全に包囲されたようだ。窪地の四方に土煙が立ち、頭をあげることも出来ない。

(暗い中で、正確に射ってくる。暗視装置でも付けているのか)

山小屋の方では、依然連射音が続いている。女たちは未だ抵抗を続けているようだが、そう長くは保《も》たないだろう。

向井は奪った銃を構えようとするが、狙う姿勢さえとれないのだ。

と、敵の着弾音が急に止まった。明らかに違う銃声が周囲から湧きあがってくる。

向井はなおも頭を伏せ続けた。これが敵の陽動かもしれないからだ。山小屋方向の交戦音は止んでいる。

「おーい、向井さん」

灌木の間から、のんびりとした声が聞こえる。

「塚口です。敵は殲滅しました。もう大丈夫です」

向井は重い腰をあげた。窪地の周囲に武装した村人が現われた。皆、重い鎧を脱ぎ、代りに自動小銃を手にしている。

「向井さんが敵を引きつけてくれたおかげで、スムーズに包囲することが出来ました」

塚口は頭に奇妙な機材を装着していた。これも暗視装置だろう。

「こ奴らは、現役の米軍人じゃなさそうですね。よく訓練されていますが、アマチュアです」

「山小屋の子供たちは」

「全員、無事です。保護者の女性が善戦しましたからね。しかし」

弾薬が欠乏し、危ないところだったと塚口は説明する。

「それにしても、あんたらの動きは遅過ぎる。こっちは、ギャスプ・リミッツ（生存限界）ぎりぎりだったんだ」

ギャスプ云々なんてワードを口にするのは、中国の発掘現場以来だ、と向井は思った。

「御免なさい。暗がりの中で逆包囲に手間取りましてね。しかし、女性や子供の命もかかっているので」

慎重な上にも慎重に行動せねばならなかった、と塚口は弁解した。

「他にも原因が」

「何です」

「あれですよ」

村人たちが、御神輿のようなものを担いでいた。そこに長左衛門老が、悠然と座っている。

「老人たちが、どうしても現場に行きたい、と、ごねるものですから。手間がかかりましてね」

老人たちという言葉に、向井は眉をひそめた。輿はふたつある。後のそれには、太氏がちゃっかりと腰を下ろしていた。

「こっちが命を削ってるときに。大人しくしてられないもんかなあ」

「双方、何か思惑があるようですよ」

ふたつの輿は、ゆっくりと山小屋の方へ登って行った。

九章　廃坑の中

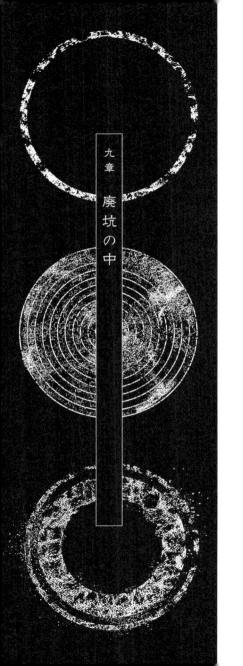

山小屋は穴だらけ。窓は全て割れて、大変な射撃戦であったことがうかがわれた。

子供たちは無事だったが、抗戦していた女性二人が銃瘡を負っている。護衛を付けて一同を下山させた後、人々はG機関員の死体を森の中から集めた。

「全部の死骸を集めるには、朝までかかるでしょう。これを隠蔽するのも大変です」

敵の死体は十体。そのうち数体は、こめかみに弾痕があった。未だ息のある者には止めを刺したのだろう。

「人数が少ないね」

「ええ、ヘリは二機。少なくとも四、五人は残っているはずです」

塚口は闇の中に視線を走らせた。

「敵のヘリは使えぬよう、ローターを外しました。見張りも付けています。朝になれば村総出で山狩りします」

塚口の言葉を聞いて、向井は事態が未だ終息していない事を知り、疲れが出た。その場に座り込むと、尻に固いものが当った。そこには無数の空薬莢《やっきょう》が散っている。

誰かが彼の肩に手を置いた。反射的に銃を向けようとすると、

「私です」

耳元でささやく声がした。いつの間にか、背後に阿礼が立っている。

「御苦労様でした」

向井に抱きついて来たが、防弾ベストが邪魔で、彼女の体感が感じられない。

「行きますよ」

「どこへ」

向井の問いに答えず、阿礼は先に立って歩き出す。わかりきった事を聞くな、と言いたげな表情だ。

しばらく行くと、山道に敷かれたあの軌道線に出た。

灌木の隙間を縫うようにして延びていくそれは、斜面の前で分岐している。その先が廃坑であることは向井も承知していた。

「レールを使った形跡が一部に残ってます」

軌道の錆が僅かに削れていた。分岐線の脇には、トロッコの台車も倒木で覆い隠されている。

阿礼はペンライトを取り出すと、横倒しになった台車を子細に観察する。

「何か重いものを運んで来たのね」

「斜面までは大勢で運んで来た。ここから先は人数を減らしたんだな。しかし」

台車を使わざるを得ないほど大きなものとは、何だろうと向井は言った。

「少なくとも遼河隕石そのものでは無いわね。『東夷外伝』によれば、司馬懿仲達が卑弥呼に贈った『奇石』の箱は、縦横一尺五寸。これは漢尺だから、三十四・五センチの正方形。表に鴛鴦《おしどり》の図が入り、中に柳を編んだレン（化粧箱）。レンの中に綾《りょう》（紋様付きの絹地）で包まれていたとあります」

向井は腰の袋から再びトカレフを取り出して、マガジンを挿入した。が、スライドは引かない。

「錆の無いレールを、もっと探して」

「わかった」

阿礼はしゃがみ込んで、ペンライトをかざした。幾つかある坑道のひとつに向って歩き出す。

向井は背後を気にしつつ、彼女の後を追った。

茂みに隠された廃坑の口に達すると、人がいた。なんと太氏である。

「先生」

阿礼も流石に絶句した。

「どうやってここまで」

「いや、山まで運んで来てくれた人たちは、残敵の捜索に忙がしくてね。どうせ動けないだろうと放置されたんだが、時間さえかければ、私だってこのくらいの斜面を登ることは出来ます」

太氏は手にしたステッキを掲げてみせた。

「ここは黄銅の採掘坑みたいだね。幸介君、坑道内に手をかざしてごらんなさい」

言われるままに向井は掌を坑内に向けた。指先がピリピリとする。微弱な放電現象が起きているようだ。

「まるで落雷の直前みたいだ。産毛《うぶけ》まで逆立ち始めてます」

「中に高圧電線が、引き込まれているとも思えない。おそらく、遼河隕石の影響でしょう」

太氏は己れの言葉に己れでうなずいた。

「中に入ってみます」

阿礼は僅かに興奮している。向井たちが止める間もなく、彼女は暗闇に一歩踏み出した。

「仕方ありませんね。こうなると私でも止められない」

太氏の後に付いて坑道に入る。そのおぼつかない足どりに、向井はあわてて肩を貸した。

「ありがとう。水溜りに気をつけて」

軌道の枕木だけが辛うじて露出し、あとは浸水している。太氏は片手で向井の右肩を摑み、片手はステッキの先で枕木を叩きながら進んでいく。

先に曲り角があるのか阿礼の、か細いペンライトの灯が見えなくなった。

「困りましたね。流石の私も、真っ暗では何とも仕様がない」

「一ノ瀬さんは、異様に夜目がききますからね。さて、灯はどうしよう」

太氏が煙草をたしなむ事を、向井は思い出した。

「マッチかライターをお持ちですね」

太氏がうなずくと、向井は鎧直垂の袖口を千切った。トカレフのマガジンに塗られたガン・オイルをそれで拭き取り、腰の小刀を外した。お祭り用の模造刀だから鞘はただの木片である。

そこにガン・オイルのついた布を巻きつけ、太氏に、

「これに火を」

太氏もポケットを探ってライターを取り出すと、火をつけた。即製の松明《たいまつ》が出来上った。

「ここの壁面は手掘りだね。梁の木は自然木だが、ほとんど腐敗している。室町中期以来の古坑道かな」

太氏はおもしろそうに周囲を見渡す。しかし、向井は気が気ではない。

「こりゃ、ちょっとしたことで落盤します」

「こんな危ないところに、百足衆は」

隕石以外に何を持ち込んだのか、と太氏は言った。

「そこの角を曲れば、わかりますよ」

軌道線が大きくカーブしている。阿礼が持つペンライトより明るい光が、そこより洩れていた。

向井は太氏を後に下がらせると、そっと角から覗いた。

高さ一メートルほどの祠《ほこら》があった。湿気で黒々としていたが、屋根に張った銅板はさほど古いものではないし、横木に張られた注連縄《しめなわ》も新しい。

（これをトロッコで持ち込んだのか）

突如、耳を圧する銃声が轟いた。湿った石片が、向井の頭上に降りかかる。

「幸介さん、気をつけて」

祠の陰から阿礼の声がした。

「大丈夫か」

「残念ながら、捕まっちゃいました。（敵は）二人います……」

まだ何か叫ぼうとしたらしいが、肉を激しく叩く音がして、阿礼の声は止まった。

「一ノ瀬君は人質に取られましたね」

太氏は別に驚く様子もない。

「後先を見なければ、まず、こうなります」

「何という言い草ですか」

向井は、敵よりも太氏に強い怒りを感じた。一度は袂《たもと》に入れたトカレフを再び抜いた。今度はスライドを引き、装塡する。

手にした松明を、祠の前に投げた。その手元を見ていたのか、敵弾がさらに一発。坑道のレールに跳ねた。

「ユーキャントエスケープ（お前ら逃げられんぞ）」

太氏がゆっくりと呼びかけた。

「ギブアップ・アンド・カムアウト（手をあげて出て来い）」

さらに数発。カーブの壁面に着弾する。

「お前は、太一族の宗家だな」

祠の向うから、声が聞こえた。

「なるほど二人いますね」

太氏はささやいた。

「一挺は祠の右下から、もう一挺は少し高い位置から射っています。後者のそれはサイレンサー付きですね」

着弾位置から推定しているらしい。太氏の冷静極まり無い観察眼に、向井は辟易した。

「もう少し接近してみます。敵の注意をひきつけて下さい」

向井は湿ったレールの枕木に膝をついた。

「注意して、幸介君。どうやら相手は暗視装置を持っています」

太氏の注意に耳を傾ける間もなく、向井は坑道の壁沿いに進み始めた。落盤防止用の予備材があちこちに積まれている。

(不思議だ。俺が暗がりで、こうも動きがとれるのか)

手探りで、レールを頼りになおも前進する。と、指先に異物が感じられた。ペンライトだ。おそらく阿礼が取り落したものだろう。

左手でそれを握り、右手で拳銃を構えてじりじりと進む。最初の目標は、彼が投げた松明だ。すでに炎は消え、布に残る残り火が小さな光を放つのみだが、それでも目標物になる。

祠まで十五メートルほどの距離に達した時、水溜りの中に向井は、ズボリとはまった。低い発砲音と、至近弾の通過する音がした。探敵射撃だろう。

(太氏は牽制してもくれないな)

役に立たないセンセイだ、と腹の中で舌打ちした時、ようやく声が聞こえた。

「おーい、G機関のおひと御返事して下さい」

馬鹿丁寧な呼びかけだ。当然、答えの連射音が響く。

「わかっていますよ。そこにいらっしゃるのは、ミスター・ジェイムス・ショウ。ハワード・ショウ氏の御子息ですね」

太氏の推測は適中したようだ。銃声が止まった。向井も動きを止めた。

「あなたはすでに、目的の物を発見されたようだ。そうですね」

太氏の言葉に、闇の中の空気が、ピンと張りつめる。

「時が経てば、あなた方は不利だ。そろそろ地元民がやって来ます。彼らに包囲されたなら、あなた方はなぶり殺しにされるでしょう。ミスター・ジェイムス。あなたの父親は数十年前、この村の指導者を殺害した。その恨みを現在の当主は、決して忘れていません」

向井は、再び動き出した。

「そこで相談です。あなた方にも切り札がある。人質に取った女性だ。彼女を手離して下さい。今なら、我々はあなた方を見逃すでしょう」

初めと異なり、太氏の声は非常に高圧的なものとなった。この間、向井は祠の基壇にたどり着く。その裏に複数の気配があった。中の一人は、阿礼だろう。

（飛び込んで、一気にカタをつけるか）

向井も妙な奴だ。そんな無謀な考えを抱きながら、祠の造りにも興味を持った。

（基壇の上に柱が四本。挿肘木《さしひじき》の上に張り出しの屋根。側面に海老虹梁《こうりょう》か。まるで鎌倉時代の、舎利殿のミニチュアだな）

伝統的な神道の祠ではない。正面には小さな鳥居と格子戸があったようだが、それは無残にも打ち割られていた。

（ひどいことをする）

G機関は基本、キリスト教原理主義という。他宗教の施設破壊には何の躊躇もないのだろう。

（ここに例の隕石が納っていたのか）

小さな高欄の下に動くものがあった。鼠ではない。向井には見覚えのあるものだ。

（また出たな）

しばらく見ていなかった、彼の「守護神」古代中国の小人たちである。

相変らず優雅な姿の男女は、薄絹の袖をひるがえして仲睦じく歩いていたが、女性の方が急に向井の方を振り返った。

祠の右脇を指差して嫣然《えんぜん》と頬笑んだ彼女は闇の中に消えた。

刹那、祠の裏から人影が現われた。銃を構えている。

もう少しでぶつかるところだった向井は、身を引いたまま拳銃を連射した。距離は数メートルもない。

そ奴が倒れると同時に、祠の裏で争う音が聞こえた。向井はためらわず倒した人影を踏み越え、裏にまわった。

阿礼がいた。誰かを踏みつけている。

「大丈夫か」

「ええ、不覚をとりましたけど。灯が欲しいです」

動揺することもない、しっかりとした口調だった。

向井は拾ったペンライトで地面を照らした。

淡い光の輪に、敵の姿が浮び上る。一人は血まみれで倒れ、もう一人は阿礼の膝頭で肩を押さえ付けられて、ぴくりとも動かない。

「この子は」

阿礼は敵から奪ったと思われる銃を、注意深く構えている。彼女の足元で伏せている白人男性は、たしかに少年と言っても通る。幼い顔立ちをしていた。

「そちらの男がG機関の代表者らしいです」

「生きているかな」

向井は自分が射ち当てた人物のボディチェックをする。これは相当な高齢者だ。暗視装置と防弾ベストをまとっていたが、首筋のパッドと脇の下を射ち抜かれている。

(中国製のトカレフ弾が強力という噂は、本当なんだな)

老人の事とて、軽いベストをまとっていたのが仇《あだ》となったのだろう。

危険が去ったと見た太氏が、ステッキをつきながら近づいて来た。倒れている老人の前で大儀そうに膝を付いた。

「ミスター・ジェイムス。隕石を返してもらいましょう」

ジェイムスは、苦し気に祠の下を指差した。階台の下に、布の包みが転がっていた。

太氏は急いでそれを拾いあげた。

「ライトを」

向井が太氏の手元を、ペンライトで照らした。

錦の袋だ。中から、大人の握り拳《こぶし》ふたつ分の塊《かたまり》が現われた。

あちこち赤黒い粉にまみれている。表面は妙につるつるしていて、まるで石ノ巻あたりの河原に転がっている餅鉄のようだ。

「ずいぶん質量がありそうですね」

「隕石ですからね。おや……」

太氏は石の下面に指を当てた。

「ここが一部欠けています」

つい最近、掻き取ったかのように、断面が新しい。

「ジェイムスが、サンプルを取ったか。いや、塚口和哉君が、発見時に採集した痕跡でしょうか」

別に感動した様子も無く、太氏は重そうな石塊《それ》をひねくりまわしていたが、

「これは、はたして本物でしょうかね」

怪訝そうに片眉をあげた。

たしかにその可能性はある。百足衆とて馬鹿ではない。わざと大仰な祠を造り、偽物をお供えして、現物を何処か別に隠すことも考えられる。

「彼らがこの隕石の重要性を、そこまでわかっていたとは思えませんが」

太氏と向井がのんびりと語り合っている事に少しいらついたのか、阿礼が声をあげた。

「ほんとうにあなた方は極楽トンボだわ」

彼女がねじ伏せていた若い男が、悲鳴をあげた。急所を押さえた彼女の膝に、力が入ったのだろう。

「幸介さん。あれがあるじゃない」

「あれって?」

「ランクルから外して来た探知機」

「あっ」

スーパーベル８８０Ｈ。敵の、携帯通信器の位置を測定することもあろうかと、持ち歩いていたが、今まで使う間もなかった。

「たしかここに」

鎧直垂はゆったり作られているために、洋服より収納個所が多い。やがて、小袴の脛当あたりにすべり落ちたそれを、摑み出した。乾電池も付いたままだ。

「石をそこに置いて下さい」

向井は隕石を祠の階部分に置かせて、ニクロム線を、電池のマイナス極に当てた。五つあるREDランプが、強い電波を受けて、全部輝いた。

「隕石自体が受信振動体だというニコラ・テスラの説は本当でしたね」

太氏の声がようやくうわずり出した。

「こんな微弱な電気にも猛烈に反応しています。テスラがニューヨークの古物店で入手した遼河隕石の破片は、小指の爪ほどのサイズでしたが、一九四二年米国ペンシルベニア州で行われた実験では、これを増幅機に用いると、二十四キロ離れた町に高周波電圧の共振が伝わり、住民は足と地面の隙間にスパークが起きて、パニックになったといいます。おや、石が震え始めましたよ」

石ばかりか、それを置いた祠の屋根も振動を始めた。

向井は鼻の奥が、ツンと痛くなるのを感じた。大気中のオゾンも殖えていくのがわかる。

「もっと探知機を近づけて」

太氏は命じた。向井は平べったい880Hの本体を隕石の脇に置き、SENSとあるスイッチを、LOからHIにした。

祠の振動は大きくなり、坑道の壁面まで振れ始めた。

「センセイ、止めて下さい」

阿礼が悲鳴に近い声をあげた。

「幸介さんも止めて。坑道が崩れる」

向井は我にかえった。電池からニクロム線を離すと、隕石の動きが止まった。坑道の振動も無くなった。

「驚きました。これが遼河隕石の、共振効果ですか」

向井は太氏に問うた。彼は肩をすくめて言う。

「ニコラ・テスラは、これを増幅機に組み込む『テスラ・コイル・システム』を考案しました。送電線を用いず、地面を電気エネルギーの通路として、地球上いかなる地域にも通電させる『世界動力システム』の構築を企んだのです」

「そして……一九四三年、アメリカ政府の意を受けたG機関に殺害されました」

阿礼が師の言葉に続けた。組み敷いた手に力が入ったのか、彼女の下にいた若者が、また悲鳴をあげた。

「宗家《ソウケ》、ソウケ」

向井に射たれ伏したはずの老人も、声を発した。

「おや、息を吹き返しましたか」

水溜りにステッキの先を浸しながら太氏は、近づいていった。そして息も絶えだえの老人の前で、濡れるのも嫌わず跪《ひざまず》いた。

「私は……御宗旨《セクト》が違います。しかし、懺悔告白《コンフェッション》をお聞きする事ぐらいは出来ますよ」

老人は、歳の割りには妙に皺《しわ》の少ないつるりとした顔を向けた。

「東洋人の異教徒に何を告白するというのか。しかし」

老人ジェイムスの表情はくしゃくしゃになったが、それは肉体的な痛みからではなさそうだった。

「私は神に召される。何処の国にも死に臨んだ人間の望みを聞く風習がある。この糞忌々《くそいまいま》しい国にもそれはあるだろう」

「ええ、しかし出来る事と出来ない事があります」

太氏はうなずいた。

「そこにいる青年は」

ジェイムスは震える手をあげて、阿礼の方を指差した。彼女にではない。その下に伏されている若者に、である。

「あれは私の遠縁に当る。スカル・アンド・ボーンのメンバーになったばかりだが、G機関の後継者とすべく、今回のミッションに同行させた」

「では、未だイエール大学の学生なのですね」

「ああ、そうだ」

ジェイムスは、僅かに表情を柔らげた。

「このような事態となって、私は死ぬ。私の死によってG機関は終る。しかし、そこにいるポールは、叔母ヘレン・ヘンリッジの血をひく唯一の男子だ。これを助けてはくれないか」

「さあ、それは如何でしょうか」

太氏は頭を振った。

「頼む。百足衆の手に落ちれば……その事を考えるだけで」

「死んでも死にきれませんか」

太氏の問いに、ジェイムスは大きくうなずいた。

太氏は向井の手元を見た。電池の容量が不足しているらしく、ペンライトの光が弱々しい。

「一ノ瀬君」

太氏は、阿礼に呼びかけた。

「君の武芸の程は、その子にもわかったはずです。手を離しなさい」

「でも」

「良いから」

阿礼は渋々、青年の背にかけていた膝頭を外した。そして向井に視線を向けた。彼も心得ている。トカレフの銃口を青年の頭に向けた。

「ポール」

老人の呼ぶ声に、青年は走り寄った。

「……」

老人ジェイムスは、小声で青年の耳元に語りかけた。向井には理解できない言葉だ。

(中東地域の言語に近い。古代ヘブライ語か)

スカル・アンド・ボーン、もやはりアメリカン・カルトだ、と向井は思う。

二人のやり取りは、一分ほどで終った。青年は老人の傍らから離れた。

「幸介さん、彼は未だ武装しています。解除して」

向井は銃口を彼の頭に押しつけて、防弾ベストを脱がせた。幾つかあるそのポケットにはナイフや、破砕手榴弾が挟っていた。

「危ないところだ」

向井はベストを、祠の陰に放った。それらを見届けた太氏は、青年に英語で語りかけた。

……これより汝は、身ひとつでこの山を抜けねばならない。山狩りする村人に会えば即座に命を失う。生死は汝の運次第である……そんな内容だ。

青年は心残りなのか、老人を見つめていたが、

「ゲラルヒア(行ってしまえ)」

阿礼の罵声に硬直し、くるりと背を向けるや、走り出した。

バシャバシャと溜り水を蹴って、彼は坑道の入口に走る。

「良い選択ではなかったかも知れません」

残念そうに阿礼が言った。太氏は口をすぼめ、

「彼一人生かしたとて、何ほどの事があるでしょう。スカル・アンド・ボーンには、G機関の他にも二百五十一の非合法組織があるそうです」

と言うと、再び跪いた。老人ジェイムスは安堵からか、眼を閉じている。その呼吸も不規則で、やがて止った。

「これが日本の戦後体制下で暗躍した、秘密結社の末路ですか」

向井は手にした銃の弾倉を外し、スライドを引いた。薬室に塡められた未発砲の実包が闇に飛んだ。この銃は暴発が一番恐い。

「さあ、我々も消えましょう。全て終ったとわかれば、塚口家の長老は、事のついでに我々も消すはずです」

太氏は苦笑いした。

「そんな事は」

「いいえ、その恐れは多分にあります。これは相方の遠祖に関わる恨みに端《たん》を発しています。容易に消えるものではない。いえ、幸介君は大丈夫でしょう。埒外《らちがい》の人間であり、塚口次期当主とも懇意です」

太氏はステッキの柄元を握って、立ち上った。阿礼が急いでその左肩に手を添えた。

「その身体で山越えですか」

向井は、祠に置かれた錦の包みを見やった。

「しかも、あんな重い隕石を抱えて」

「持って行きませんよ」

坑道の梁を、ステッキの先で指した。

「ここを崩して、人々が二度と触れぬようにします」

「貴重な石を埋めると……」

「左様」

太氏は阿礼に命じ、落ちている防弾ベストから手榴弾を出させた。

「これで、落盤させれば良いでしょう」

「無理かも知れません。威力が小さい」

向井は長年の調査経験から、地質を見分ける勘が働く。

「室町以来の手掘りですが、未だに崩れていない。武田家の金掘り技術は優秀です」

「無理ですか」

「この位置は、ね」

向井は入口近くの横木を指差した。

「梁が多い。それだけあそこは落盤の危険があるという事です」

三人は坑道の入口まで歩いて行った。新鮮な外気が流れ込んでくる。

向井は残っていた鎧直垂の、もう片方の袖を千切った。腰の袋からビニールに包まれた固形物を掴み出す。

「川崎で手に入れたアンモ（硝酸アンモニウム）と、衝撃発火剤の混合物です」

「そんな危ない物を、よく……」

目を剝く太氏に、向井は答えた。

「素人が一番効果をあげる武器は、爆発物です。ここ数日の経験から、自らを守る手段は、自らで模索《もさく》しなければならないと痛感しましてね」

揉め事に何度も巻き込まれた「素人」向井の、それが勢一杯の嫌味でもある。

坑道口の腐った梁を確かめた彼は、二人に外で伏せるよう命じた。

「絶対に顔を上げないで。鉱物の破片は危険です」

布に包んだ隕石と爆発物へ手榴弾一発を入れ、もう一発のピンを抜いてレバーを外した。

「伏せて」

シューッと鳴る手榴弾を、布包みとともに坑内へ放り込んだ。

破裂音は、さほどに大きくはなかった。祭り太鼓を間近で聞くような、間の抜けた音だ。

（だめか）

向井は、吹き出す硝煙から顔をそむけた。

直後、地鳴りのようなものが聞こえた。振り返れば、坑道の左右が崩れ始めた。そればかりか、坑道口の真上が大きく陥没し、崖に生えていた樹木も落下していく。

身を引かなければ、向井も瓦礫の渦に巻き込まれるところだった。それほどの土砂の量だった。

太氏と阿礼は起き上った。

「掘り戻すには大型の重機が必要ですね」

太氏は満足そうだった。

「ここまで重機を運ぶ道路を敷くには、数年かかります」

阿礼が冷静に答えた。

しばらく三人は、湿った土砂の流れを眺めていたが、

「一ノ瀬君、一ノ瀬君」

太氏が阿礼に呼びかけた。

「そろそろお暇《いとま》しようではありませんか」

「ええ、この音で金掘りたちがやって来ます」

阿礼は向井に近づき、その背に抱きついた。

「また会えるかな」

向井は問うた。

「それはどうかしら」

阿礼は太氏が見ているのもかまわず、向井の頬に軽く口付けすると、

「向井もや、あずまの向井、明日よりは、み山隠《がく》りて見えずかもあらむ」

万葉風の別れ歌をうたった。

それから二人は灌木の間に伸びる軌道に沿って歩き出す。そしてその姿は、瞬く間に暗

がりの中へ没していった。

予想通り、入れ違いに残敵掃討の村人たちが、やって来た。落盤を見た彼らは、しばし言葉も無く立ち尽すのみであった。

向井は彼らと山を下り、村に戻った。祭りの片付けは完全に終り、人々は家に戻っていた。

このような晩は直会《なおらい》があるはずだが、それもない。村の広場ですれ違った顔見知りの者に、静寂のわけを尋ねると、

「村長《むらおさ》が」

とだけ答える。

向井は懇意の塚口信哉を探した。公民館の一室に、彼は一人で盃を傾けていた。

「あと一時間ほどで通夜が始まります」

「どちらの御葬儀ですか」

「長老です」

死因は心不全という。年甲斐もなく戦闘に参加し、興奮した結果であるらしい。

「それは残念な事ですね。宿敵ジェイムス・ショウの死も知らなかったわけですか」

向井は、山中での経緯《いきさつ》を語った。信哉はいちいちうなずきつつ、武田遺臣団ゆかりの日本酒を傾け、

「遼河隕石なるものは、長左衛門老にとって、さほどの価値を持つものではなかったのです。村の次期指導者たるべき我が弟が送って来た『遺品』として、大事にしたのです。その安置所として、あの廃坑内に祠は造営されました。御神体は穴師大明神と弟です。祠が、永久に人目に触れぬ事は」

最良の策であった、と彼は言った。傍らのテレビでは、深夜のニュースが流されている。小海線沿線では、何者かに扇動された暴走族の暴動が各所であり、当局が久々の破防法適用に踏み切った事。この騒ぎを取材していた「報道」のヘリが二機接触、不時着した事等を解説者が語っていた。

「日本は全く良く出来た『法治国家』ですよ。報道ヘリが本当は横田から来た米軍ヘリである事に目をつぶり、またこの村の騒ぎにも触れません。明日になれば、県警本部長が、事態を悪化させた責任を取って辞任するでしょう。さて……」

信哉は腰をあげた。

「……これより寄り合いです。私が当村の重責を担うことになります。金掘り百足衆の『戦後』を終らせねばなりません。村民には正式な戸籍を作り、非合法活動からも足を洗わせます。そう簡単にいかないでしょうが」

「御苦労様です」

向井は心からそう言った。

「俺も東京に戻ります」

「いいえ、しばらくはこの村にいて下さい。Ｇ機関は消滅しても、それに付随していた在日米軍の関係者は残っています。ほとぼりがさめるまで動かぬ事です」

向井は納得したが、困らぬでもない。東京今戸のアパートはそのままで、収入も無い。家賃も滞納してしまう。早急に仕事を探す必要があった。

「その辺の事は、お気になさらずに」

信哉は鷹揚に答えると、部屋を出ていった。

十章　古写真

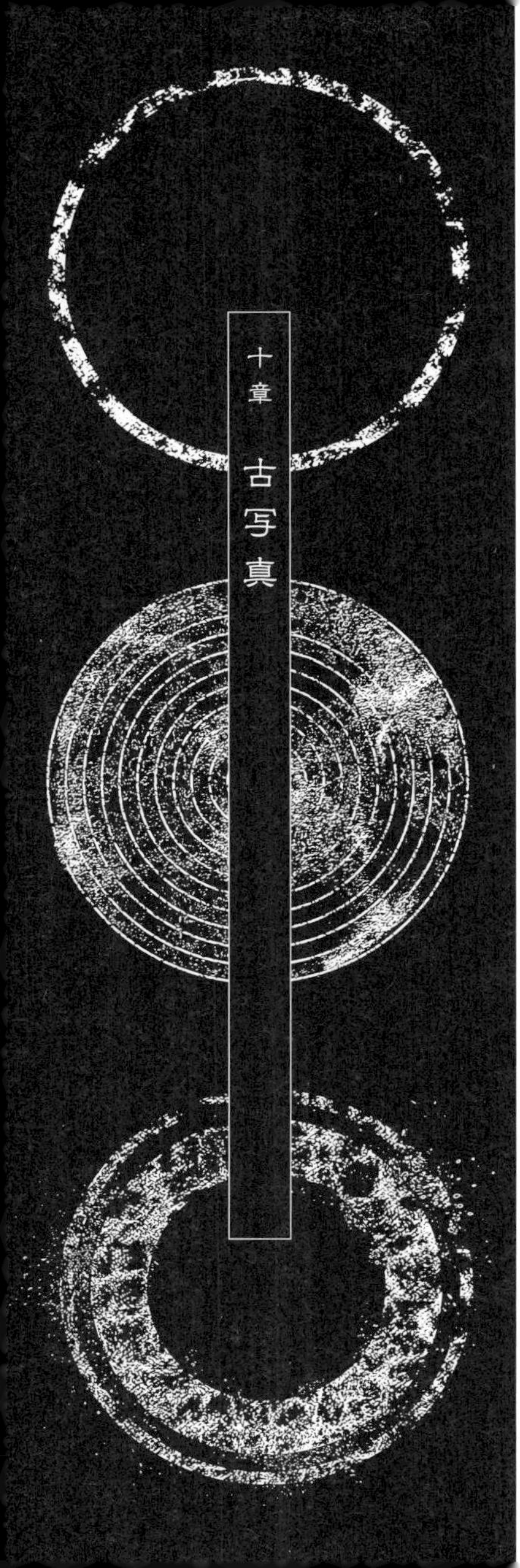

向井は塚口家の居候になった。

山々に秋の気配が濃くなるまでそこに暮し、時折分校の子供たちに古代史などを教えて過した。

東京に戻るきっかけは、一通の招聘《しょうへい》状だった。そこには、大阪の大手タイルメーカーが奈良に持っている私立博物館の、主任学芸員として招きたい趣旨が書かれていた。

塚口信哉が裏で手をまわしてくれたことは、明白であった。

東京に戻り、さして多くもない家財道具を関西に送ると、長年世話になった管理人のおばさんに別れを告げた。

町には「小室サウンド」が流れ、多くの人々はバブルの崩壊に気づかぬか、気づかぬふりをして、日々の享楽にいそしんでいた。

向井は「青春18きっぷ」を握りしめ、東京発五時二十五分の名古屋行きに乗った。三十面《づら》下げて、ウォークマンぶら下げた青少年に打ち交り、目的地まで安価に旅することを競うのは楽しかった。

「平栗山《ならやま》考古参考館」と呼ばれる桜井市の博物館は、創始者が戦前の中国で収集した古陶器や青銅祭器を数多く所有する、知る人ぞ知る文化施設だった。

向井は、ようやく己れの居場所を見つけた気分がした。入館者は予約制で一週間に一度というシステムも気に入った。

彼は終日バックヤードに入りびたりで、古文書や未展示品の調査にいそしんでいたが、ある時、妙な収蔵物を発見した。

江戸期の四書五経を収めるような縦置きの書籍箱である。

その引き戸には『上総国多神社宮司大野家伝書』とある。

（おや、これは、以前木更津の大野波多麻呂から借りた、一族の由来記ではないか）

あれはペン書きだった。どうもこれが原本らしい。

収蔵品に詳しい古文書管理担当に尋ねると、閲覧室に運んで来てくれた。

「この書庫がどうやってウチに来たのか、わかりませんが」

若い担当者は、一冊ずつ敷き紙の上に並べていった。

「（奈良の）市内北瀬町田原《たわら》の旧家にあったと記録されています。おそらく家の蔵でも撤去する時、伝手があってウチに来たものですやろな」

向井は丁寧にページをめくった。江戸期の写本らしく、別に新しい発見は無い。

だが、中ほどまで開いた時、何かが落ちた。

「ああ、幕末の古写真や。現状のままにお願いします」

元に戻そうとして写っているものを見ると、二人の人物だ。

和服姿の男女である。向井は愕然とした。それは太氏と阿礼にそっくりだった。いや、彼らそのものだ。

（そういえば、大野宮司が出して来た本にもこんな写真が挟っていた）

たしか昭和〇年四月上海の記述があり、太氏そっくりな人物は洋装だった。こちらの写真には裏に、元治元年二月長崎と毛筆で書かれている。

西暦に直すと一八六四年。幕府の長州征討があった年である。

昭和初年から、少なくとも六十余年も前の事だ。不気味な暗合に、向井は、

（あの浮世離れした二人は、人外の存在だったのかも知れないな）

眉間にシワを寄せる向井を見た文書担当者が、おもしろそうに説明する。

「旧家の言い伝えでは、この写真に写っている二人が、古事記の伝承者、稗田阿礼《ひえだのあれ》と編者太安万侶と言うのですが」

「ほう」

「江戸期の神道学者平田篤胤《あつたね》は、二人が『幽世《かくりよ》』（霊界）に触れる伝記を作った咎《とが》で、死ぬ事も出来ず、元明天皇崩御以来千数百年、各地を放浪したという説を紹介しています」

「……」

向井は言葉を失ったが、彼の心境を推し量る気もない担当者は続けた。

「これは稗田阿礼が、呪術を生業《なりわい》とする巫女猿女《みこさるめ》氏の秘密を安万侶に語ったから、とも言われています。そこから阿礼女性説も生まれるのですが、朝廷で定める語り部《かたべ》の舎人《とねり》は男子と定まっていますから」

そういう話も考証学を知らぬ者が作ったヨタ話でしょう、とまた笑った。

向井も無理に笑おうとした。が、その頰は強張ったままだった。

年が明け、小正月も過ぎた頃、奈良で地震《ない》があり、明け方微かに揺れた。

関東育ちの向井は、当時の関西人より地震に慣れている。かまわず二度寝し、目覚めた時は出勤時間の間際だった。

外は気味悪いほどに静まりかえり、自動車の音はおろか、小鳥のさえずりさえ聞こえてこない。

胸騒ぎがしてテレビをつけた。

と、そこに映っていたのは横倒しになった高速道路やビル群だ。アナウンサーが悲鳴に近い声をあげていた。

それが兵庫県・淡路島北部を震源とする「阪神・淡路」大地震の姿だった。

マグニチュード七・三。向井の世代が初めて遭遇した大都市直撃震災である。

真っ先に彼が思い浮べたのが、人工地震兵器HAARPと、遼河隕石の一件だったのは言うまでもない。

（あの晩）

向井は唇を嚙んだ。

ポールの青白い顔が思い浮んだ。ジェイムス・ショウの懇願で助命した、G機関のルーキーである。

（あの時、あ奴は隕石の一部を、持ち出したのかもしれない）

あまり気分の良い想像ではなかった。

（俺が殺すべきだったのだ）

向井はパジャマ姿のまま、床に座り込んだ。


ひと月後の博物館休館日。彼はレンタカーを借りた。

奈良県下は極寒の中にあり、粉雪が舞っている。目的地は、此瀬町田原だ。

昭和五十四年（一九七九）の一月十日。この地で太安万侶の遺骨と墓誌が発見されている。

銅板の墓誌には次のようにあったという。

左京四条四坊従四位下勲五等太朝臣安万侶以癸亥年七月六日卒
養老七年十二月十五日乙巳

これによって太安万侶の存在が確実なものになった。

かつては茶畑であったというそこは、この頃も寒々とした畑地で、ただ真新しい説明板だけが立っている。

向井は記録用のデジタルカメラを取り出して、周囲を丁寧に撮影した。

低く垂れこめる雲の下、そのあたりの茂みから唐突に阿礼が出てくるような気がしたのだ。

しかし、何時まで待っても彼女が現われる気配はなかった。

向井は近所の食堂で温かい三輪そうめんを食べて帰途についた。

その年の十一月末。彼はウインドウズ95と、カラープリンターを買った。

本書は、書き下ろしです。

使用書体
本文――――――A P-OTF 秀英明朝 Pr6N L＋游ゴシック体 Pr6N R〈ルビ〉
柱――――――A P-OTF 凸版文久ゴ Pr6N DB
ノンブル―――ITC New Baskerville Std Roman

星海社
FICTIONS
ト3-01

異端考古学者《いたんこうこがくしゃ》向井幸介《むかいこうすけ》　1994年《ねん》の事件簿《じけんぼ》

2024年11月25日　第1刷発行

定価はカバーに表示してあります

著　者――――――――東郷隆《とうごうりゅう》

発行者――――――――太田克史《おおたかつし》
編集担当――――――栗田真希《くりたまき》
編集副担当――――唐木厚《からきあつし》

発行所――――――――株式会社星海社
〒112-0013 東京都文京区音羽 1-17-14 音羽 YK ビル 4F
TEL 03(6902)1730　FAX 03(6902)1731
https://www.seikaisha.co.jp

発売元――――――――株式会社講談社
〒112-8001 東京都文京区音羽2-12-21
販売 03(5395)5817　業務 03(5395)3615

印刷所――――――――TOPPAN株式会社
製本所――――――――加藤製本株式会社

ISBN978-4-06-537689-8　N.D.C.913 286p 19cm　Printed in Japan

SEIKAISHA

星々の輝きのように、才能の輝きは人の心を明るく満たす。

その才能の輝きを、より鮮烈にあなたに届けていくために全力を尽くすことをお互いに誓い合い、杉原幹之助、太田克史の両名は今ここに星海社を設立します。

出版業の原点である営業一人、編集一人のタッグからスタートする僕たちの出版人としてのDNAの源流は、星海社の母体であり、創業百一年目を迎える日本最大の出版社、講談社にあります。僕たちはその講談社百一年の歴史を承け継ぎつつ、しかし全くの真っさらな第一歩から、まだ誰も見たことのない景色を見るために走り始めたいと思います。講談社の社是である「おもしろくて、ためになる」出版を踏まえた上で、「人生のカーブを切らせる」出版。それが僕たち星海社の理想とする出版です。

二十一世紀を迎えて十年が経過した今もなお、講談社の中興の祖・野間省一がかつて「二十一世紀の到来を目睫に望みながら」指摘した「人類史上かつて例を見ない巨大な転換期」は、さらに激しさを増しつつあります。

僕たちは、だからこそ、その「人類史上かつて例を見ない巨大な転換期」を畏れるだけではなく、楽しんでいきたいと願っています。未来の明るさを信じる側の人間にとって、「巨大な転換期」でない時代の存在などありえません。新しいテクノロジーの到来がもたらす時代の変革は、結果的には、僕たちに常に新しい文化を与え続けてきたことを、僕たちは決して忘れてはいけない。星海社から放たれる才能は、紙のみならず、それら新しいテクノロジーの力を得ることによって、かつてあった古い「出版」の垣根を越えて、あなたの「人生のカーブを切らせる」ために新しく飛翔する。僕たちは古い文化の重力と闘い、新しい星とともに未来の文化を立ち上げ続ける。僕たちは新しい才能が放つ新しい輝きを信じ、それら才能という名の星々が無限に広がり輝く星の海で遊び、楽しみ、闘う最前線に、あなたとともに立ち続けたい。

星海社が星の海に掲げる旗を、力の限りあなたとともに振る未来を心から願い、僕たちはたった今、「第一歩」を踏み出します。

二〇一〇年七月七日

星海社　代表取締役社長　杉原幹之助
代表取締役副社長　太田克史